ANGELA MARSIAJ

SOROCA

COLEÇÃO MÃE LEVA OUTRA
HECATOMBE
2024

HECATOMBE

HECATOMBE

rua do caju, 478
jardim das cerejeiras
cotia — sp
06724-015
brasil

rua dr. manuel pacheco nobre, 128,
5 esquerdo
2830-080
barreiro (setúbal)
portugal

[+351] 928053619
[+55] 11 95608 8983

www.editoraurutau.com

SUMÁRIO

Para Isabel, que está começando.

de trás para frente
a memória lê o dia

ANA MARTINS MARQUES

Y. Rio e água, em tupi. Diz-se *u* com boca de *i,* esticada. Mas pode sair um *êh* entredentes, como quem diz: quem vem lá.

*

PETRA VAI PERDER A HORA. São mais de quatro da tarde, no fim do verão, e as ruas começam a ficar entupidas. Ela raspa o câmbio ao engatar a ré. Sabe que é errado tirar o carro da garagem e subir meio quarteirão de costas, ainda mais na curva. A ré economiza uns minutos.

Não vê o motorista do escolar descendo embalado pela mão certa. Ele desvia e buzina com raiva. É um exagero, não vão bater. Petra para: um acidente pode pegar ela de jeito. E se morre, se não fala mais com Joana? Entre as coisas horríveis que acontecem a qualquer mãe, deixar de ver a filha está bem no topo. Abaixo de filha morta ou desaparecida.

Joana tinha parado de chamar ela de mãe, mesmo antes de ir embora. Não é só que doía, dava vontade de esganar. Se pudesse, fazia ela engolir o jeito com que repetia a palavra Petra: metralhando cada sílaba.

Endireita o Fox na garagem de alguém, vira na travessa seguinte e começa a andar do jeito certo, para a frente. Um dia tinha gostado do próprio nome. Era bom vê-lo impresso, nas matérias assinadas e na coluna. Isso também acabou, tinha sido demitida do jornal.

Antes que fique sem dinheiro, tem que terminar o projeto, falar do Verde, o rio que corre no subsolo da Vila Madalena, logo ali. Pouca gente sabe dele. Não tinha sido fácil conseguir a conversa com o engenheiro. Vão se encontrar nas galerias embaixo da terra. Ela quer ver a água: como é, se cheira, tem rato. É para onde vai, mas vem tempestade. Talvez o telhado de casa não aguente.

Cai o primeiro pingo. O segundo e o terceiro se confundem com os seguintes, e o céu desaba na capota do carro. Desliga o som, não adianta competir. Aciona o limpador de para-brisas e desiste de forçar o motor. Não tem mais pressa, até para no amarelo. Com a chuva não dá para fazer a visita, o engenheiro vai desmarcar.

A corredeira desce pelo meio-fio, e Petra aproveita. Acontece toda vez que chove forte, e ela continua a olhar. Percebe uma força maior do que ela, do que o carro, o bairro. Por mais que tivesse passado a vida com as tempestades de verão, cada uma é nova. Como se não tivesse chovido em todos os milênios e milhões de anos anteriores à existência da cidade de São Paulo. É que agora uma tempestade sempre ganha da anterior.

O aguaceiro dobra a esquina e forma um leque contra as estacas de ferro da lanchonete. Servem para defender quem come nas mesas de fora, caso um carro invada a calçada. Com a chuva não tem ninguém nas mesas. O sinal fecha. Pega o celular e tira uma foto do leque de água. Quando era menor, Joana, toda sabida, chamava aquelas estacas de paliçada.

Escuta a voz dela pequena, quando ainda ciciava: conta de novo, como você conheceu o meu pai? O rio canalizado disputa com Joana a atenção de Petra. A filha reclamava disso, sem a noção de que o rio ocupa só um segundo lugar distante. Ela ainda quer esganar a filha, essa vontade só existe para que não chore tanto.

* * *

Com a chuva, Petra sabe que deve voltar pra casa. Não só. Tem é que recuar três anos, para quando disse vai, pode ir para não voltar. Perder a filha pode ter sido consequência daquela frase. Dói reconhecer esse fato.

Mas Joana é de fincar o pé. Não se falam desde que saiu de casa e começou a faculdade. Agora está quase formada, e Petra duvida que tenha dito: então pode ir para não voltar. Não assim. Disse: pensa bem, ou, qualquer coisa estou aqui. Ou disse a coisa certa no filme imaginário que não parou de repassar na cabeça. Terminava com as duas se abraçando e a Joana em casa.

Pensou em ligar. Depois ligou, e Joana não atendia. Deixou mensagens de texto e de voz, a gente podia tomar um café. Tinha ontem mesmo enviado um áudio, torcendo para que Joana não apagasse sem escutar.

A tempestade piora. Petra, em vez de desmarcar com o engenheiro, continua. Passa pelo ponto mais alto do bairro e começa a descida para o outro lado. Está quase no rio, que naquele trecho corre embaixo de uma rua chamada Abegoária, entre dois morros. Chega mais perto e relembra que, toda vez que a cruzavam, Joana odiava que apontasse para o chão e repetisse: o rio passa bem aqui.

Mesmo com o vidro embaçado, avista a ponta da praça em que vai parar. Falta pouco. Cruzar a rua, subir um tanto e estacionar. Só que a Abegoária é uma calha: alaga, e o trânsito para. Carro só passa de um em um. O estrondo do raio assusta Petra, e ela quer Joana junto, mesmo mal-humorada. Para quem mais podia contar que tinha conseguido agendar a visita às galerias?

O limpador de para-brisas não dá conta. Petra buzina para a caminhonete à frente. Que cruze logo, o sinal está aberto.

O motorista vacila, arranca e consegue atravessar. A água bate no meio da roda dele. Chega a vez dela, a água tinha subido mais. O Fox dela mal anda e morre. Só não xinga porque se assombra: se tivesse seguido, teria batido no carro preto que vinha pela Abegoária. Teria atingido a porta dele, quem sabe até o motorista. Consegue dar a partida outra vez.

É óbvio que é o rio, deixou de ser rua. Taí, eu não queria visitar o Verde? Isso ela fala em voz alta e em tom de bem-feito, como se não tivesse medo.

Olha para a esquerda, de onde a água vem, e reconhece o sofá cor-de-laranja. Ele navega na enxurrada, aderna e gira um pouco. Se engastalha e logo se solta. Sofá cor-de-laranja. O reconhecimento estranho a faz parar um pouco, traz alguma ordem para aquela bagunça. Na hora não pensa: o sofá que eu vi outro dia na loja, tinha gostado dele, a vitrine deve ter arrebentado. O sofá existe, ponto. Faz todo o sentido e a sossega. Como se um velho amigo tivesse aparecido para ajudar.

O efeito dura segundos. O sofá passa, e um vagalhão suspende o carro preto da frente. Ele gira e começa a navegar de costas, primeiro de quina, desajeitado, depois mais depressa. Tudo bem, tudo bem, tudo bem, Petra diz, em voz alta. Mas o modo calma-na-crise, que tanto a ajudava no fechamento do jornal, não funciona. Não controla coisa nenhuma, nem ela mesma. Tenta tirar o bafo do vidro com a mão.

Sente o carro se mexer, ele é arrastado para o meio do cruzamento. Vem o tranco e o tremor. O chão vai cedendo, desmontando, se desfazendo, até que sente o baque. Vê ao lado uma cascata pela borda do asfalto. Percebe a água subindo, chega quase à janela. O Fox caiu no buraco, com ela junto.

Abre o vidro para chegar à capota. Não sabe se a água sobe ou o carro é que desce. Começa a sair. Consegue sentar na janela, e a chuva encharca as costas. O cabelo gruda na cara. Procura onde se agarrar, só falta um impulso para chegar à capota. Vem o tranco maior, junto com o frio na barriga. O carro cai ainda mais.

A cratera aumenta, e Petra olha o redemoinho, logo ali. Consegue pôr o pé na base da janela, vê a alpargata vermelha. Usa pouco, para não gastar, é a do último dia das mães com Joana, faz tempo. Pensa aquilo de um jeito condensado. Vai molhar, dá pena, por ela e pela filha. Era um amuleto. Na hora em que vestiu, não percebeu: tinha sapato mais errado para entrar na galeria? Era de pano e ia sujar de qualquer jeito.

O solavanco desequilibra Petra. Não consegue se agarrar no carro e cai para trás. Pensa em Joana. Prende a respiração e fecha a boca, para não se contaminar.

*

O NOME DO RIO É OBÝ. Ou teria sido, na língua que os turistas não usam, nem os locais. Um nome de rio deveria ser fluido, mas para perceber a água correndo talvez você precise de um obstáculo: um toco fincado ou uma pedra. Hoje chamam de Rio Verde. Tem gente que diz que é só um córrego canalizado, nasce na Vila Madalena e termina no Rio Pinheiros.

* * *

Petra não caiu na água. Não ainda. Caminha no ponto mais turístico do bairro, o Beco do Batman, que só existe por causa das últimas curvas não retificadas do leito do Verde. Tira uma selfie com o manequim do homem-morcego e manda a foto para a filha. Joana não abre a mensagem.

Petra não é turista, mora perto. Anda cedo, antes que o beco encha de gente. Tem dia que bate a sola do tênis contra o piso, talvez para gastar força. De vez em quando vem contemplativa, tira foto dos grafittis ou de um matinho ao lado da grade no chão. Por essa grade entra luz. O Rio Verde passa logo ali, embaixo da terra, canalizado. Ela é hiper consciente desse fato. Mas é sábado e não muito cedo. Petra se incomoda porque o beco de hoje parece um cenário, com os casais tirando foto, as barracas de artesanato e os grafittis diagramados parecendo gente que faz manicure e escova. Ela não faz manicure ou escova. Ainda que fizesse, ia cair no rio do mesmo jeito.

* * *

Petra no buraco inundado do asfalto. Está de costas, bate os braços, não é fácil se endireitar. Consegue e põe a cabeça para fora. É de novo puxada para baixo, prende a respiração. Capota, chuta e acha um ponto de apoio, sobe. Sente um puxão e rodopia. Como no ralo. Se atrapalha com o cabelo na boca, os músculos começam a cansar.

A água minou a terra, o chão rasgou, e ela entende: os indígenas tinham nome para aquilo, é soroca. O Obý deu soroca. Joana ainda não sabe de outra descoberta, de que a palavra para verde é obý na língua tupi, mas obý também pode servir para azul e até roxo. O rio agora parece roxo. Obý, Joana, e não ôby. É oxítona. Você pode odiar explicação, mas não aguento pronúncia errada. É o que pensa que diz à filha, só que está embaixo d'água.

Reemerge e dá com a cortina de chuva. É água por tudo. Já não pensa que queria ter terminado o projeto, ter escrito que a cada enchente o rio volta a reclamar o leito, escavado pelos milênios. Agora ele segue as ruas, dobrando esquinas. O Verde que passa ali é capenga. Ontem mesmo tinha escrito capenga no texto do projeto, e logo corrigiu. Capenga não. Tem uma perna só. Antes parecia um *Y* tremido e mal desenhado, cheio de pequenas curvas. Depois foi enterrado e teve as pernas separadas. Virou dois rios. Queria que todo mundo soubesse disso, mas agora Petra se debate. Só pensa em se salvar. É sugada. A correnteza puxa. Bate numa esquina, e o pulmão arde.

A água é uma só. Um segundo ou um século.

* * *

Soa a voz de um homem, não é bem português de Portugal, é quase. Tem outra música, uma voz rude e ao mesmo tempo barroca, com dourados e volutas por trás da aspereza. Borbulha que tinha morrido na perna de cá do rio, emboscado no barro. O pé descalço tem lama entre os dedos. O homem guarda no bolso o saquinho com a pepita, prova de que não morreu por causa de ladrão. Tinha sido largado morto.

*

O HOMEM É FERNÃO, e ele tem uma história. Sua morte tinha sido marcada. Só aconteceu porque, em vez de subir o morro para caçar no mato grande, ele desceu para pescar no Jeribatiba, rio que os padres já chamavam de Pinheiros. É que o primeiro dia seco depois de muita chuva compensava a caminhada. Ele não queria a pesquinha pequena que fazia no Oby̆. Veio descendo o curso, mudando de margem e fugindo dos pedriscos mais pontudos. Fernão sabia que o barro queria que ele escorregasse, mas não deixava, não caía. Seguiu pela perna de cá, a do poente, a dele, que se juntava com a outra até desaguar no rio maior.

Gostava de como o Jeribatiba serpenteava grande e espalhado. Tinha acabado de amanhecer, era o primeiro por ali, não ia precisar disputar pescado com ninguém, nem com os urubus. A vazante deixava as poças coalhadas de tabaranas cor de prata. Elas rabeavam e se esbarravam. Depois da enchente vinha a pesca que o pai de Fernão chamava de covarde: os peixes no que sobrava de água depois da estiagem, engasgados no ar, ainda vivos. Pegou o que pôde.

Saiu do Jeribatiba com o samburá pesado, veio subindo o Obý, virou a curva e viu de novo o lugar em que as pernas do rio se juntavam. Por causa do primeiro sol em dias, as margens já tinham se enchido de muito mais moças do que as poucas de costume. Reduziu o passo e tentou não ser visto, só para ficar aproveitando, vigiar era bom. Os homens voltavam do sertão e eram muitos para pouca mulher.

Uma passava sabão na camisa, outra alvejava a bata na pedra, duas torciam o lençol. Deixavam secar, dobravam. Umas tomavam banho, de vestido colado, e riam. Tinha velha, nova, magra e gorda. A maioria negra-da-terra e mestiça, e uma d'África, mais escura. E tinha criança, ciscando ou pendurada na mãe. Só o que se ouvia era a língua geral, um falatório mais alto do que o das maritacas, que voavam aos berros ou atacavam os coquinhos dos jerivás.

* * *

Fernão viu Rita e deixou de ver qualquer outra. De cócoras e com a saia presa na altura da coxa, Rita esfregava uma blusa na beirinha. Passou sabão, enxaguou e recomeçou. E a toda hora afastava o cabelo com o braço, que fugia do lenço e caía na cara. Ela não precisava lavar roupa, era proibida de sair da fazenda do pai. Isso Fernão nem sabia. Quem seria? Como podia, tão pequena, forte e macia? O macia adivinhou, faltavam uns trinta passos para ela. Talvez fosse da outra perna do rio, não gostava daquela gente.

As mulheres não faziam caso da briga dos homens. O rio se juntava no melhor ponto para lavar roupa e, se era para facilitar, para que confusão? Quer dizer, não facilitava tanto, a maioria vinha de longe. Devia ser desculpa para se encontrarem nas terras tão espalhadas.

Ele rodeou por detrás delas, escondido entre as pedras e os arbustos, tinha que chegar até a moça. Ficou no tempo não soube dizer quanto, deu sorte: foi justo Rita quem saiu. Se aliviou atrás dos tufos de língua-de-tucano. Rita, mais uma vez agachada. Fingiu que não a tinha espiado antes, que acabava de chegar com o samburá. Ela voltou à trilha e deram de frente. Tomou um susto. Fernão sorriu, para não espantar. Esses são para você, estendeu a mão com três tabaranas na forquilha. Rita pegou o pescado e correu.

Foi assim dali em diante, Fernão chegava na primeira estiada depois da enchente. Rita, que também não morava tão perto, aparecia. Começaram fazendo fogo, assando peixe. Comendo, rindo. Terminaram se enroscando entre as heras, por ali mesmo, nem ligavam se tinha pedra ou mato.

Não era para Rita sair de casa, é que não tinha mãe que vigiasse. Mas tinha pai e, se Fernão soubesse, era filha do Zé Brontes, dono das terras na perna de lá do Obý. Se aquilo tivesse alma, seria podre, isso Fernão já dizia antes. Só não estava trancafiada na fazenda porque nas viagens dele, de meses, dava um jeito de escapar. As moças da casa ajudavam.

Rita ficou prenha e veio morar com ele, fugida, antes que a barriga crescesse. Teve medo de Brontes chegar do sertão e surrar até que perdesse o filho. Fernão não teve medo, se sentia orgulhoso: tinha emprenhado a Rita.

A criança já estava para nascer quando Fernão ouviu do Padre Veniaga que tinha sido jurado pelo pai dela. Brontes estava de volta. Veniaga era o padre do Zé Brontes, em volta dele só tinha gente ruim. Boa coisa dali não vinha, o padre tinha olho de cova.

*

TEVE O VERÃO EM QUE JOANA BRIGOU. Brigou, brigou e foi embora. E Joana, que não tem noção de que Petra está na água, também não esquece, mesmo depois de anos. É só pensar em Petra e ela sente que se engasga. Ódio é horrível de engolir, ainda mais se é com a mãe da gente. Com Petra tudo é demais: Joana escreve *avassaladora* no bloco de notas do celular. É pouco. Pode jogar um caminhão dessas palavras que não vão dar conta de descrever a mãe dela.

Para Joana houve dois eventos e um borrão no meio: o gatilho, no fim do ano, durante o vestibular; e a última briga, em março, dias antes de começar a faculdade.

O gatilho: ficou em casa para estudar. Petra não percebeu, chegou pensando que a casa estava vazia. Joana tinha escolhido estudar História, a matéria preferida, mais para dizer a si mesma que não se entregava, ia estudar até o último minuto. Ao mesmo tempo a mãe recebe a amiga. Não se viam fazia tempo, vinha de longe. Enquanto estuda na sala ao lado, Joana se liga na conversa. O título da matéria é

Guerra dos Emboabas — Capão da Traição — e não vai mais sair da memória. Vai martelar a cabeça porque se fundiu ao que ficou sabendo enquanto olhava a página.

* * *

Continuou martelando no fim do verão em que passaram discutindo. No dia da última briga, Joana apoiou as costas contra a porta fechada do quarto e reviveu, mais uma de tantas vezes, o dia em que estudava o Capão.

Queria ser capaz de desescutar o que tinha ouvido. Queria que um otorrino viesse de máquina vap, das de limpar calçada, e varresse para fora todo o sebo que a mãe tinha enfiado lá, um veneno que estragou o cérebro dela para sempre. Petra não via? Se pudesse, rebobinava aquele dia, como a mãe fazia com as fitas de vídeo que alugava quando Joana era pequena. Se pudesse, rebobinava a vida. Mais do que isso, queria puxar a fita para fora da caixa plástica. Se pudesse, se desentranhava.

Não conseguia desver a página. Tinha a nota na margem: ***Capão*** *— formação arbórea de pequena extensão, ilha de mato no descampado.* Quer chacoalhar a lembrança para fora do corpo, se livrar até do gesto de ter sublinhado na apostila, *pelo ouro de Minas*, enquanto escuta a mãe para a amiga: vinho branco?

Na ilustração os paulistas descalços descem das árvores do capão e entregam as armas aos homens de botas. Os emboabas não eram indígenas, eram os inimigos dos paulistas: nordestinos e portugueses que usavam botas. A maior parte dos paulistas é que eram indígenas ou meio índios, e descalços. A porta da geladeira bate, as taças tilintam, e ela sublinha: *emboaba era uma ofensa para os inimigos, é uma ave com plumas nas canelas, parece usar botas.*

No fim do verão da briga, sobrou uma ideia simples: cercados, os paulistas se renderam com a promessa de que seriam poupados. Só que foram quase todos mortos. *Uma verdadeira chacina.* Parou o texto nessas palavras porque na sala ao lado a mãe tinha começado a responder a uma pergunta da amiga. Era justo a pergunta que Joana, que não se lembrava do pai, passou a infância fazendo: como você conheceu ele?

Sabia a resposta, tinha escutado a história um milhão de vezes, cada vez mais cheia de detalhes. Adorava ouvir de Petra que se olharam no corredor do jornal e ele levantou as sobrancelhas. Aquilo era um oi, tudo bom, de olhos castanhos iguais aos de Joana. Petra tinha retribuído com um sorriso, e seguiu em frente, se perguntando quem era, nunca o tinha visto. Depois viu que caminhava pela redação, talvez escrevesse o texto na cabeça, talvez fizesse a pausa antes do fechamento, era sempre um caos. Não dava para acreditar como todas as notícias e as letras terminavam impressas na página certa e no lugar preciso que o editor escolheu e o diagramador desenhou, disse Petra uma vez, e a história ganhou mais esse detalhe.

O pai andava pelas editorias no meio da fumaça. Joana entendeu que tinha um cargo importante. Isso foi no tempo em que se fumava no trabalho, ele não fumava. E pensando não no cigarro, mas na quantidade de coisas que têm de acontecer para um jornal fechar todos os dias, Petra achava incrível o número baixo de notas que saía em *Erramos*, a seção das correções. Era o que dizia à Joana de doze anos.

Quem tivesse uma coisa sua em *Erramos* passava vergonha, até que no dia seguinte todo aquele papel (que corria borrado por rotativas e esteiras, e que fascinou Joana pequena quando a mãe a levou ao jornal) seria mais que suficiente para embrulhar todo o peixe da cidade. Quem errava ouvia: sossega, amanhã o jornal vai embrulhar peixe. Se uma matéria de Petra apareceu no *Erramos*? Não sou de errar, minha filha.

* * *

A história estava para mudar. Joana escutou: ele fumava demais. E do canto dela, opa, o meu pai não fuma. Até ali ela desculpou, talvez a mãe tivesse mentido para não dar mau exemplo a uma criança.

Outro fato novo: ouviu que ele não trabalhava no jornal, mas num prédio envidraçado no bairro das agências de publicidade; que a sala dele também era de vidro; que duas campanhas incríveis tinham sido coisa dele; que tinha uma coleção de prêmios de Cannes; que gritava com qualquer um na agência, e era assim naquele tempo, quem podia mais berrava mais; que, ao contrário, com ela foi um cavalheiro desde o começo. Joana empurrou a apostila de lado, ele não era do jornal? Talvez trabalhasse *com* o jornal. Um jornal precisa de publicidade. Todo mundo sabe disso.

Petra fez uma pausa. A porta da geladeira tilintou de novo, e ela voltou da cozinha falando à amiga que quando se conheceram o publicitário tinha ido almoçar onde ela costumava ir, perto do jornal. Só falou assim, o publicitário. Não usou o nome. Ele ficou encarando, e ela achou muita confiança. Pior: muita autoconfiança. Por isso fingiu mergulhar na revista do domingo anterior, sempre carregava uma coisa para ler.

A comida chegou ao mesmo tempo para os dois. Eram pratos idênticos, e ele puxou assunto. Apresentou o próprio prato com as mãos esticadas, como se fosse o chef, e disse: a gente pediu igual, qual a chance? Estava forçando um daqueles acasos de começo de namoro, em que os dois ficam juntando coincidências. Petra não achou graça e respondeu: a chance?, uma em seis, cardápio pequeno. Ele riu.

Antes do café já estavam na mesma mesa, e ele comentou que lia a coluna dela, como você é informada, é um assunto completamente novo. Conversaram tanto que Petra se atrasou para a reunião mensal em que o balanço dos erros tinha grande destaque, e ela contou aquilo para ele como piada, e ele riu de novo, quem não erra?

Joana escutou que tinham saído algumas vezes até que Petra engravidou e ele disse meu bem, isso aqui é para você tirar o feto, tinha dito assim, científico, talvez para não se apegar, era emotivo. E toma mais um pouco. Era generoso.

Petra falou que não conseguia decidir se tirava ou ficava com a criança. A criança. A mãe a tinha chamado de A Criança, e o tempo foi passando, já era gravidez sem chance de volta. Petra completou: pena que Joana não puxou os olhos azuis dele.

Olhos azuis e a mãe não queria ela? A amiga foi embora rapidinho depois que Joana deixou cair uma pilha de apostilas chapada no chão, de propósito.

E o pai dela, o da certidão de nascimento, o jornalista de quem tinha herdado os olhos castanhos de cílios compridos? Controlar o ódio faz subir um gosto nojento na boca. Não adiantou a mãe tentar consertar com um papo impossível. Com Petra você tinha que escolher uma mentira. Uma mãe-pântano, nada do que você vê é sólido. Quando Joana a confrontou, respondeu que tinha inventado tudo para a amiga, que ela era metida a só namorar cara rico. Você sabe, nem ligo para dinheiro. A resposta saiu daquele jeito porque sim. Nem era tão amiga daquela amiga.

*

PETRA SABE QUE O PROBLEMA NÃO FOI só o pai. Uma das piores vezes em que Joana quis machucar e conseguiu foi quando disse pode esquecer, você não vai ser vó. Porque eu não vou ser mãe, e não vale a pena seguir com o seu DNA porcaria.

Desde então, Petra passou a olhar diferente para os carrinhos de bebê, as mães de filho na tipoia e os pais levando a criancinha de bicicleta para a escola. DNA tem que fluir, Joana não pode ser um beco sem saída. Começou a insinuar sobre a ideia de filhos, mostrou que tinha guardado a primeira mantinha de Joana, deu para ela, agora vai ser para o seu bebê. Também passou a perguntar de namorado.

* * *

Fernão e Rita se beijam na porta de casa. Ele se afasta. Rita e o barrigão vigiaram da porta até que ele saísse de vista com o Pipoca. No começo ela não ia com a fuça daquele cachorro e muito menos com o nome dele, mas aquilo já importava quase nada, tinha uma criança dentro dela. Rita entrou e foi pegar a galinha para depenar.

Fernão passou as curvas do lamaçal do Morcego, nas margens do rio. O sol tinha secado a lama. Tomou a trilha do Caaguaçu para subir até o sítio de Balbina. O Pipoca farejava, costurando o caminho. A terra dela era no topo do espigão, mas já com vista para o outro lado, o do córrego chamado das Pacas. Foram recebidos pelo grasnado de um par de gansos.

Balbina pôs a cara redonda para fora, sorriu e ficou com os olhos ainda mais miúdos. Ele pediu queijo de cabra, é bom para o leite, disse, como se a parteira que curava gente e aparava criança desde antes de ele nascer não soubesse. Quis saber de Rita, se era a hora, mas não.

Balbina sabia a língua do Reino. O pai dela era do Minho, como Fernão. Fernão gostava imenso de ouvir o português, era a língua da mãe. Era também a do pai, levado por Deus não muito depois de aportarem só os dois neste continente, Fernão rapazote, o pai com a respiração curta depois da picada de uma cobra coral, o animal mais lindo e ao mesmo tempo a encarnação do demônio mais perfeita que Fernão já tinha visto. Matou a cobra a pau na mesma hora. Não mudou o desfecho, mas vingou o pai.

A parteira era da cor do ouro velho, cor que no começo o jovem Fernão, que ainda não conhecia as cores do ouro, estranhava nas gentes, como se não fossem pessoas, pareciam muito uma estátua que vira antes de embarcar. Falavam com bocas abertas e cheias de as e de és. Mas logo se acostumou, até porque olhava em volta e a maior parte das pessoas nesses Brasis tinham a pele daquela maneira e os olhos rasgados como os de Balbina, mesmo que se vestissem à portuguesa. Ela entregou três peças de queijo ainda frescas e na despedida gritou de longe, pede ao Rubem para me chamar quando for a hora. Não precisava. Rubem e Fernão eram tão amigos que podiam ser irmãos.

* * *

Os queijos não estavam no ponto e vieram pingando. Molharam a bolsa e as calças, e com a baba juntou mosca. Fernão cortou o ramo de um araçá com a faca da cinta e veio batendo, para espantar. O Pipoca se ergueu nas duas patas, farejando o soro, queria lamber. Fernão antes deixava, mas deu uma cortada firme com o ramo, tinha cria para cuidar, e mulher. O cachorro não ligou. Foi latir para uma cotia de pau.

Deu sede. A trilha de sempre pegava o curso mais abaixo, mas Fernão desviou pelo mato até a nascente. Queria água fresca, sem bicho nem gente ter bebido antes, principalmente mijado. Para ele, aquela era a nascente boa. A outra não prestava. Não é que a água fosse ruim. Quem não era boa era a gente daqueles lados.

A nascente de cá, mais para o poente, brotava da pedra. Vinha tanto escorrida como jorrada, e também de uns olhos no fundo. Quando chegaram, o Pipoca se animou e foi na frente beber. Fernão também bebeu mas não aguentou, empurrou ele na lagoinha. Gostava de ver o cachorro molhado, a chacoalhar: girava a cabeça e a pele, espalhava água por tudo. Esqueceu por um minuto por que tinha de ir para casa.

Se abaixou de novo para molhar a cara. Fechou os olhos e enxergou como se Rita estivesse logo ali, bojuda, andando de perna meio aberta. Quando ele saiu ela tinha prendido a galinha para cozinhar ao molho pardo, do jeito que Balbina ensinou. A imagem da mulher fez ele levantar depressa, como se lembrasse da obrigação, ou como se o pior fosse acontecer com a Rita justo porque não estava com ela. Desceu quase correndo pelo curso do rio. Ouviu um trovão, vinha chuva. Pulou uma pedra, um trecho de lama, as folhas maiores batiam nele. Trocava de margem. O cachorro entendeu que voltavam. Foi à frente, às vezes olhando para ver se Fernão o seguia.

O terreno aplainou. Um pegão de vento escureceu a tarde, e Fernão sentiu o pingo grosso, e outro, apertou o passo. Escutou mais um trovão já quase no Morcego, perto da capela que ele e Rubem construíram, não longe de casa.

O Morcego virava lago com qualquer chuva. O rio fazia uma curva e já vinha mais grosso. Fernão chegou lá, e o temporal começou a cair de través. Já não fazia diferença se o soro dos queijos vazava da bolsa e molhava a roupa. Ele no vento e no meio da clareira de barro, sem a proteção de uma lapinha, o céu despencou com tanta água que escondeu o Pipoca. Não distinguia o rio do chão.

Pensou na casa com a Rita dentro. Com a tempestade, talvez não aguentasse, mesmo com as paredes de taipa recém-refeitas. Atravessou o rio com lama pela batata da perna, a correnteza cresceu. Fez força para erguer o joelho, o barro puxou. Escutou o Pipoca rosnar da altura do barranco à frente, já com água pelas canelas, se é que cachorro tem canela.

Rosnou de novo e atacou alguém. Deve ter tomado um chute, ganiu três vezes, mas voltou para avançar outra vez. Fernão recuou tentando entender e viu a cabeça do cachorro na lama, pisada, e por bota. Foi salvar mas o agressor retorceu o pé, girando como quem apaga uma brasa. O Pipoca morreu depressa.

Era Brontes, pai de Rita. Nem tão velho, mas forte e com uma faca maior do que a de Fernão. Tinha os seus homens em volta. Assim mesmo, o Brontes insistiu em lutar sem ajuda. Em posição de briga, Fernão foi mudando a faca de mão. Brontes investiu com o facão de punho cheio. Os dois começaram a andar em roda.

No meio da luta, Fernão viu a imagem da mulher já prenha quando disse o nome dele no frio da festa de São João. Tinha brincado, sorrindo, olha como a Rita sabe fazer nuvem quando diz Fernão. Naquela noite tudo estava para ser bom, mas aquilo tinha acabado. Agora era água e água e o pai dela espumando. Mesmo se vencesse a desvantagem da arma, Fernão ainda teria de ganhar dos outros.

O primeiro furo pegou na costela. Não fundo, Fernão desviou. Feriu o velho no braço, mas não de verdade. As facas tiniam. No segundo ataque, Brontes veio de cima com a mão em arco. Pegou no ombro. A terceira foi de lado. Rasgou fundo nas partes moles, a dor queimou. Fernão mal enxergava com o cabelo na cara. Fraquejou, e o pai de Rita completou com um chute no peito que o jogou no chão. Foi Fernão cair, Brontes enfiou a faca nas tripas e torceu com raiva, para garantir. Os queijos rolaram na lama.

Fernão se deitou de lado e com as pernas estendidas, dobrado como um cotovelo. O pai de Rita raspou o sangue da faca no capim do barranco e foi embora. O bando seguiu, comemorando.

Ficaram Fernão e Pipoca na lama enquanto os gravetos, as folhas sujas e um tatu afogado se juntavam na curva em que morreram. Anoiteceu, a chuva amainou, bateu uma última lufada de vento. Depois da calmaria vieram os grilos. Ninguém chegou para ver, ninguém tinha escutado. Só mais tarde uma paca ia beber água, mas desviou. Deve ter sentido cheiro de coisa morta.

*

RUBEM APRESSOU A MULA no primeiro claro do dia. Onde estava Fernão e como não tinham se encontrado na véspera? Ainda não tinha atinado com o desvio. O certo era Fernão ter ido e voltado pelo mesmo caminho que ele: primeiro um trecho do rio, aí a trilha para cruzar o espigão. Não tinha erro. Mas Fernão já não estava quando Rubem chegou na Balbina avisando das dores da Rita. Escutou: saiu agora com três queijos, não viu?

Não.

Deve ter se desviado. Rubem tinha pensado em procurar Fernão naquela hora mesmo. Balbina disse que não fosse, Rita hoje não fica só. Ela foi pondo no aió os panos limpos, as ervas, a tesoura e umas tiras de couro, não saía sem aquela bolsa de pano. Perguntou se na casa tinha aguardente, tinha. Corre, vai chover.

Tinham voltado no passo da mula, Balbina fustigando o bicho, e Rubem a pé, quase trotando, esperando encontrar Fernão a qualquer momento. Depois de cruzar o espigão, desceram até a parte em que as águas do Obý começavam a engrossar. Seguiram pela margem. Passaram o Morcego, também não tinham visto Fernão. Na casa, o assunto já era Rita. A barriga apertava, e os olhos cresciam a cada dor. A tempestade desabou, e Balbina: traz-me isso, Rubem aquilo, ele foi botar o caldeirão no fogo e pegar os panos e quando viu tentava fazer Rita beber água.

Não sabia onde pôr os olhos. Não era certo um homem ali. Se era para alguém ajudar, que fosse Fernão. Não pôde sair, Balbina pedia as coisas, e nada de cria. Estava difícil e ia demorar. Se ia demorar, não teria ajudado mais indo atrás do Fernão? Mas tinha sido obrigado a ficar na casa até o dia seguinte.

Já batia sol na primeira curva do Morcego quando Rubem viu. Coisa ruim a gente vê e não acredita, porque parece que existe e ao mesmo tempo não. Deu com Fernão já sem cor, perto do barranco. O cachorro também. Rubem pensa num limão espremido, as manchas da casca e os gomos retorcidos. Não desvia de olhar os dois mortos no meio da lama. Que tristeza, pelos rasgões tinha sido briga de faca, mas com o aguaceiro o sangue era pouco. Fernão deve ter chegado no Morcego só um pouco depois de Rubem e Balbina passarem.

Rubem desmontou, enfiou o pé no barro e parou, quieto. Não era de rezar. Bufou de esforço quando pôs Fernão, já rígido, emborcado de barriga na sela. Atou Pipoca perto do pescoço da mula, não ia deixar ninguém para trás.

Só que tinha deixado. O resultado se via: Fernão morto, em cima da mula. No caminho, a anca do bicho subia de um lado, o corpo pendia para o outro; a anca descia, balançava. Morro abaixo era mais difícil. Passaram ao lado da roça de Fernão e chegaram à casa que tinha ajudado o amigo a refazer, palha a palha, com barro socado e teto de palma de jerivá, só para acolher Rita e a criança.

Quase na porta, Rubem escutou um urro. A mula estacou, e o corpo de Fernão balançou. Era Rita. Rita soube, Rita pariu, tudo no mesmo grito.

* * *

Fernão ouviu e entendeu: era pai. Oscilou. Estava emborcado na mula? Sentia-se um cotovelo, mas dobrado duro, como se fosse um só osso. Rita precisava dele. Teve falta de ar. Ou sentiu que respirava curto, aflito, como o pai depois da picada de cobra.

Só que Fernão não respirava. Quis ajudar, que desgosto, percebeu que se deslocava, mas só pelo balanço da mula.

Por si, não se mexia. Estava preso dentro dele mesmo, o corpo um vaso de barro já cozido, não o barro de antes.

A mula tinha parado quando Rita gritou. Fernão pensava na cria, se menino ou menina, e o corpo do Pipoca escapou, balançando como um enforcado, mas de forca sem efeito, não se morre duas vezes. Fernão ficou grato quando Rubem ajeitou o cachorro antes de puxar o cabresto de leve e fazer a mula retomar o passo.

A criança gritou. Pelo choro, seria das que vingam. Balbina ergueu o bebê, uma bola de carne e sebo que se esticava com força enquanto berrava. E tão grande que poderia ter nascido no mês anterior.

Fernão percebeu que, antes de cortar o cordão e começar a limpeza, a parteira olhou para Rubem, e cada olhar diz uma coisa. Por aquele Rita não ia bem. O olho escuro de Balbina, sempre tão calmo no ofício, deixava escapar que havia algo errado.

Fernão se agoniou. O maior problema do morto é não poder ajudar.

* * *

Rubem tirou os mortos da vista de Rita, o cachorro e o marido, e deu um passo para dentro da casa. Não sabia o que fazer, se vinha em socorro, se atrapalhava. Baixou os olhos ao vê-la nas secundinas. Saiu para ajeitar Fernão. Rita ia querer velar quando se livrasse dos restos. No cômodo único da casa não dava para misturar morto com criança nova. Uma viúva não merece, ainda mais o corpo que, mesmo no chão, ia continuar dobrado rijo por mais um tempo, que morto primeiro é como nós, os braços, as pernas, a gente mexe, une as mãos no ave-maria. Mas Fernão tinha passado do ponto, já estava feito pedra. Só mais tarde ia ficar mole de novo. Aí sim, poderia endireitar.

Pegou o forcado e juntou palha ao lado da casa, como uma cama. Tirou Fernão do lombo da mula, fez com que deitasse de lado, ainda era o cotovelo. Buscou uma esteira e o cobriu. Não conseguiu esconder a cabeça como se faz com um morto, porque não deu coragem. Cobriu-o até o queixo, como quem cuida de um doente e espera a cura, um doente cujos pés não cabem embaixo da esteira.

É por pouco, amigo. Olhou Fernão, os olhos marejaram. O cabelo e a barba pretos, tão conhecidos, como é que um homem é companheiro para qualquer coisa, fala, bebe, ri, e de uma hora para outra fica assim, dobrado? Se tivesse morrido de costas, diziam que o matador ia morrer logo. Mas não, estava de lado, sinal de que a vingança ia ser difícil. Rita não pode te velar desse jeito. Amanhã deve dar para te endireitar e fazemos o velório. Foi amarrar a mula mais adiante.

Só se aproximou de Balbina e Rita para colher com a panelinha umas brasas no fogão do alpendre. Acendeu o cachimbo, o primeiro alívio do dia. Mas o bom do pito não durou. Tentou não pensar na prosa de quase irmãos, perdida para sempre. Afastou da ideia o carniceiro do Zé Brontes, só podia ter sido ele, se pudesse, o que Rubem não faria. Fugiu de imaginar a vida de Rita, coitada, viúva, e da criança que nem ia conhecer o pai. Um homem tão bom terminar assim, Fernão nunca mais ia pitar, e Rubem sentado na pedra, aproveitando a fumaça enquanto Rita terminava o resto da parição.

O cachimbo veio amargo, a brasa apagou. Queria enterrar aquele dia infeliz. Escutou: pega a criança que a Rita precisa. Deixou o cachimbo, entrou e recebeu a cria embrulhadinha, quente e limpa. Balbina segurava uma bacia, as coisas todas de Rita não saíam. Ele se assustou com o sangue, demais para uma moça tão pequena.

Rubem, Rita chamou soprado. Ele viu o olho fundo do esforço. Conhecia a pele de cinza, sem cor, a vida uma chama miúda, tremulando que sim, que não. Balbina puxou o terço. Não passou muito tempo, fez o sinal da cruz e disse: não aguentou.

Rubem chorou. Balbina fazendo o que devia, e ele desabado no tamborete com a criança no colo, pensando em afilhar. Abriu o xale, só para verificar o machinho, teria de se chamar Fernão. A cria desembrulhada deu um espirro e agitou as pernas, que se abriram, e Rubem constatou o desacerto por cima de toda a tristeza: o filho de Rita e Fernão era uma menina.

*

O QUE JOANA CHAMOU DE o pior verão da vida dela estava acabando. Ia virar universitária em poucos dias. Não precisava se mudar, a faculdade era ali, depois do Rio Pinheiros. Mais uma vez, tinha quase quebrado o batente, repetindo a coreografia do verão em que ela e Petra brigaram e não se resolveram.

A questão *pai* não era a única, Joana sabia, mas foi o que arrebentou a barragem. O bode com a mãe vinha de anos. Joana perdia toda vez que Petra vinha com conversa, rebatendo qualquer reclamação com: *tudo* não é problema, *coisa pequena* não é problema.

Verdade, reconhecia que não tinha apanhado, não ficou desabrigada, não passou fome, teve escola e médico. Então o quê? Avassaladora. Nem sabe por que tinha escrito isso no celular. Anota mais abaixo:

Me olha *demais*.

Ela me olha *de menos*.

Avassaladora *igual*.

Credo. Aquilo não era poema, não era nada. Apaga depressa.

A primeira pista tinha sido boba: aos doze, Joana achou lindo combinar vermelho e laranja na roupa. A mãe era metida a incentivadora, achou feio mas não disse. Custava dizer não gosto? Isso começou a se repetir. Petra fazia cara de neutra e dava o recado depois, como se falasse de outra: a letra da Maria (e não a dela) é desleixada; a sua amiga comeu três fatias de bolo, está gordinha (quando Joana também tinha comido e também estava engordando); e olha a postura (apontando para a moça no ponto de ônibus), mulher que não chupa a barriga é o fim. Joana estava sempre em falta. E olha que a mãe parecia se orgulhar dos próprios defeitos.

O oposto era pior. Petra não olhava, e Joana não existia. No verão em que brigaram, adotou o modo *não tenho filha*, ainda mais porque devia estar escrevendo de novo, e quando escrevia o mundo se vaporizava, com Joana junto. Se fechava no escritório e usava fones de bloqueio total do som. Para que nada de Joana respingasse nela.

Se pudesse, Joana mais que respingava, dava logo uma bomba, das de piscina, só para que a mãe a visse (mesmo que já tivesse tentado isso antes, com resultado ruim). Petra fazia com que se sentisse muito menos interessante do que qualquer um.

* * *

Sentada no chão, contra a porta fechada do quarto, Joana deu um suspiro e se desarmou. A porta segurava as costas e a barra dela quando ninguém mais o faria. Porque a Vó Elma, a última pessoa que a acolhia de verdade, não estava mais lá. A relação entre ela e a mãe vinha piorando desde a morte da avó, fazia uns meses. E não era hora de pensar que a avó, aquela mulher forte, virou um fiapo de uma hora para outra.

Joana tinha se recusado a ver ela no caixão, ainda bem, preferiu encostar na porta, que foi a mesma coisa que fez quando a mãe começou a viajar com o namorado da hora. Que idade teria? Uns quatro anos, e foi a primeira vez que teve certeza, *ninguém gosta de mim*. Mesmo com a Vó Elma bem viva e logo ali.

Só agora tinha ficado claro, a frase verdadeira precisava ser trocada. Aquele *ninguém* deveria ser substituído por *minha mãe não*.

A garganta doía, tinha gritado muito. Magoava estrebuchar e perceber que não conseguia tocar a mãe um milímetro.

Não conseguia afetar Petra. Tudo falta de afeto e da parte dela. Que difícil usar o verbo gostar, assim simples: a minha mãe não gosta de mim. Não dava mais para morar com a pessoa que se dizia mãe dela.

Num café da manhã sem palavras, a geleia caiu no chão. Tinha sido descuido de Petra e, quando o pote se espatifou, Joana deu uma bronca usando *o nome dela*: Petra! Não tinha planejado, não esperava a reação, mas funcionou. A mãe pareceu machucada de morte. Ao contrário do ódio, dar o troco tem gosto bom. Assim, a primeira coisa que Petra perdeu naquele verão foi o direito de ser chamada de mãe. Joana não tinha mais vó, pai e, agora, nem mãe.

* * *

Ainda sentada contra a porta, pôs os fones de ouvido, fones dos normais e não as preciosidades da mãe. Escolheu mais uma vez a trilha sonora de *Tubarão*. Ajudava a anular a voz da Petra contando a história nova do pai de Joana, em replay na cabeça dela. Mergulhou na orquestra: duas notas graves se alternando, antes de uma calma tensa e o som de harpa. Joana sabia a cena de cor, a moça nadando pelada de noite nem imagina. Tenta se agarrar à boia, não consegue. O tubarão morde, e ela grita. É arrastada, afunda. Às vezes queria que a Petra terminasse assim. Outras, quem morria desse jeito era ela mesma, e aí Joana pensava como a Petra ia sentir falta. Aí sim ia se ligar, mas seria tarde.

Tirou o fone. Não escutava tudo, só a dose diária. Petra assistiu a *Tubarão* com ela quando era pequena. Ainda bem que Joana esqueceu. Que tipo de pessoa exibe um filme desses para a filhinha?

Olhou para o topo do armário e se levantou. Puxou duas malas. Socou o que coube. Arrumou duas bolsas a tiracolo, a do laptop e uma sacola de algodão cru que usava como bolsa. Faltavam as coisas do banheiro, até a maquiagem. A Petra natureba podava maquiagem. Não fazia muito tempo Joana escreveu no espelho da mãe, eu adoro batom e vou usar batom o quanto eu quiser não adianta me olhar torto dar indireta nem dizer que eu fico tão mais bonita com o rosto natural. Foi o melhor uso para o batom vencido. Estava até cheirando mal.

Com as malas quase cheias, não queria encontrar a mãe. Talvez não tivesse coragem de ir embora se a encarasse. Destrancou a porta do quarto ao mesmo tempo em que abria a maçaneta: um só barulho chama menos atenção. O corredor era estreito, mas precisava cruzar para chegar ao banheiro. Deslizou de meias pelo piso de tábua, respirando miúdo. Pegou o mínimo, gastou um tempo caprichando no batom vermelho e, no último instante, carregou dois rolos de papel higiênico. Porque não sabia para onde ia. Como chamar o carro se não sabia? Sabia sim, ia botar o endereço da avó.

*

AS JUNTAS DE FERNÃO SÓ começaram a ceder no dia seguinte. Rubem dobrou e desdobrou o punho, até que foi se soltando. Que tristeza a mão sem vida do amigo. O que tinha aquela mão, o que faltava para voltar a pegar a faca, segurar a enxada, as rédeas, a cintura de Rita?

Fernão foi cedendo cada dobra, parecia agradecido. Rubem pôs ele esticado e com as mãos juntas para o enterro. Não o trocou, não tinha outra roupa. Limpou o barro do rosto com um trapo úmido, o cabelo e a barba, os braços, as calças e os pés. Lamentou cada rasgo na roupa e nas carnes. O pé do amigo descalço como sempre, quem vê reconhece, aqueles pés iam embora também.

Balbina preparava a batata-doce como se alguma revelação fosse surgir das chamas. Ocupava pouco à vontade o fogão de Rita. Escutou Rubem, foi até ele e aprovou Fernão estendido como um defunto deve ser. Chamou-o para que visse Rita. Estava sobre a esteira, no vestido branco do São João e com o crucifixo de filigrana no pescoço. Não tirava, tinha herdado da mãe. Faltavam as mortalhas. Balbina pegou os panos que seriam o mosquiteiro da criança, e lamentou: que linda, agora só a terra vai ver.

* * *

A terra do campo santo era úmida e ao lado da capelinha. Para lá tinha ido só uma defunta que morreu de velha. Os mortos de antes ficavam espalhados nos sítios. A capela e o cemitério pequeno não eram tão longe das roças deles. Tinham construído um pouco abaixo do Morcego, à esquerda de quem desce o córrego. Quando chovia mais, era só lama no cemitério de um corpo só. Mas, mesmo num lugar com tão pouca gente, já tinham escavado parte da cova do defunto seguinte, para ficar mais fácil.

Rubem mastigou a batata-doce até virar papa. Adiou como pôde o próximo passo, embrulhar Fernão na mortalha. Cobria ele sem saber que o amigo também sofria. Quem vai se apega aos sentidos, são os últimos a desaparecer: a tela áspera do algodão, os pequenos feixes de luz atravessando a trama, um morno, um cheiro e o toque do amigo.

Rubem já saía com a pá e a missão de abrir as covas quando Balbina o puxou: o Brontes vai saber de Rita na hora em que chamarem o padre, vai querer a menina, não pode.

Corre a enterrar, vou sumir com a criança. Para o avô ela também morreu.

* * *

No molho pardo o importante é o sangue. Não se abate o bicho de qualquer jeito. Balbina se orgulhava de como Rita tinha aprendido sua galinha ao molho pardo, o prato dos doentes e das que iam parir, as que, como ela, precisariam de forças. Era o preferido de Fernão. Galinha não era comida para toda hora, ao molho pardo, mais ainda. Balbina se lembrou de quando mostrou como amarrar a galinha de ponta-cabeça pelos pés, até o sangue fluir para o pescoço e ela ficar atordoada. Acompanhou como Rita foi ganhando destreza: dominava o bicho com as mãos, virava o pescoço sem quebrar, só para aparecer a veia grande, cortava com a faquinha e via o sangue primeiro jorrar, depois escorrer para o tacho. Antes punha limão no fundo, para não formar coalho. E depenava como se já soubesse.

Na véspera, Rita tinha despejado água fervente no tacho maior, sobre a galinha, para amolecer as penas. Começou a puxar, mas parou. As dores do parto deixavam menos tempo de trégua e passaram a vir mais fortes.

Balbina foi rápida quando viu a galinha de Rita meio depenada para o jantar e largada às pressas na salmoura. Abriu parte da mortalha para ajuntar o bicho que já não tinha uma gota de sangue, tirou os miúdos e despejou cera de vela à volta toda, para não ficar cheirando, e enrolou panos muito justos em torno da carcaça. Qualquer um que visse o esquife passar perceberia a forma da mãe e do recém-nascido na mesma mortalha, e a do pai ao lado, em outra. Família infeliz, credo, aquilo não seria enterro cristão, fez o sinal da cruz. Mas salvar a menina da praga do avô vinha em primeiro lugar.

* * *

No vaivém silencioso, Rubem avisou um vizinho e depois o outro. Barulho mesmo só no campo santo: duas enxadas e uma pá. Os dois vizinhos soltavam a terra, e Rubem tirava da cova com a pá, no ritmo certo, enxada, enxada, pá, sem pausa para não baterem as ferramentas. Deixaram um monte de terra ao lado, esperando a hora de fechar. Trouxeram Rita e Fernão na padiola, além do volume embrulhadinho com quem ela dividia a mortalha.

Rubem foi na frente, os dois atrás. O pouco de gente que morava naquele ermo pareceu adivinhar. Vieram mais dois homens, que ajudaram com o peso, e umas mulheres, não davam uma dúzia de almas no total, com as crianças e sem contar os cachorros. A carpideira Dona Santa chegou logo, o neto tinha ido chamar. Só não estavam Balbina e a cria.

Assim, com a falta das duas e sem padre, para Rubem estaria tudo certo dentro dos errados se dois urubus não tivessem pousado no telhado da capelinha. Atirou uma pedra e saltaram mais para lá, um depois do outro, de braços abertos. Os amigos começaram a jogar terra na cova, as mortalhas foram se cobrindo, e Dona Santa passou a carpir na voz de cabeça. Os outros ao redor olhavam o chão. Ela puxou uma ave-maria, e a maior parte seguiu. No meio do pai-nosso, veio uma chuva fina. Um menino que mal andava foi cutucar uma toca, a mãe trouxe pela orelha. Jogaram as últimas pás de terra.

Foi quando Zé Brontes apareceu, no trote com o padre e os homens, querendo saber, fazendo barulho. Eram tantos que dobraram o tamanho do enterro. Demoraram para desmontar e afastar as montarias. Pisotearam a lama, até os urubus saíram de perto. O padre dele, o Veniaga, benzeu o monte de terra do túmulo, puxou umas rezas e deu por encerrado.

Brontes olhou em volta, viu Rubem com os homens e foi abrindo caminho. Não perguntou, falou forte como quem dá ordem ou tem raiva, Vosmecê que é o amigo, o que houve. Sô Brontes, Rita não aguentou. Rubem respondeu mais com o sentimento dele mesmo, não tinha compaixão por aquele pai. Certeza, era o assassino de Fernão.

Brontes franziu a testa com um torcido que não parecia possível. Não era dor, era como se controlasse para não estripar Rubem ali mesmo. Ordenou de novo, sem pergunta: e a cria, cadê. Rubem olhou o chão, mentir não era com ele. Não vingou, morreu na mesma hora.

Macho?

Menina, pobrezinha, Rubem foi dizendo e se sentindo um asno. Por que não tinha dito menino? Ao menos despistaria o avô. Agora era tarde.

* * *

Rubem esperou Brontes sair da frente do túmulo. Fez o último sinal da cruz e seguiu para o sítio de Dona Santa. Balbina tinha se escondido lá, depois do córrego dos Caborés. Foi para a choça do mato, não para a casa principal, onde Santa vivia com a família, o filho mais novo, a mulher dele, as viúvas dos outros e os netos.

Chovia quando avistou o casebre de telhado de uma só água e colunas de tronco liso. Tinha servido para abrigar um casal da Guiné, cativos fugidos de uma fazenda depois de Mbarueri, coisa rara, que por ali ainda quase não tinha africano. Lá ganharam dois meninos. O casal ajudou Dona Santa quando os filhos rapazes dela foram para as Minas, até morrerem na Traição, todos menos o menor, que não tinha ido. Depois o dono encontrou os guinés, invadiu os matos com o seu bando e fez questão de desbaratar a família de pretos, não sobraram nem os irmãozinhos juntos. Vendeu a família toda separada e ficou com o homem, que voltou para a fazenda. Para aprender e para gosto do dono, de ver ele sempre triste. Diz que logo o fazendeiro morreu, feitiço do africano.

*

A CABEÇA DE PETRA NÃO É SÓLIDA nem líquida. Costuma pairar em outro lugar e até noutra época. Quantas vezes pensou que daria para ter impedido Joana de sair de casa daquele jeito. Se a cabeça dela, Petra, não ficasse escapulindo, teria dado. Se pudesse, fazia o tempo dar marcha-a-ré.

No dia da última briga, Joana se fechou no quarto com um estrondo. A vidraça do escritório tremeu, o que fez Petra se levantar da escrivaninha e também se fechar, mas sem barulho, como quem dá um exemplo, mesmo sem Joana ali para ver. Tinha ficado intoxicada com o que escutou da filha no verão. Coisas como: eu queria você muito morta. Pode cair dura. Agora. Já. Passaram a não comer juntas. Joana tinha dado um jeito de dessincronizar a vida delas. E os silêncios machucavam mais do que brigar.

Tudo podia machucar, mas sabia que o vestibular de Joana era um atenuante e explicava a reação dela. Petra era o adulto. Ignorar a filha e se sentar para escrever não tinha ajudado, como naquele dia: mais uma vez pôs os fones de ouvido e se isolou no projeto. Tentou visualizar o rio de antes e se interrompeu, lembrando da Joana pequena, que logo aprendeu buraco com a avó. Jogava como gente grande, sempre que ficava doente jogava com Petra, e a vontade dela agora era bater à porta e falar da metáfora do baralho, porque ali estava pelo menos metade do problema: como fazer Joana entender que aquelas foram as cartas que a vida deu para ela? Podiam não ser perfeitas, mas também não eram ruins. Era para jogar com a mão que recebeu, como todo mundo.

Petra inspirou do jeito que tinha aprendido nos últimos meses, para relaxar. As pernas do Rio Verde. Por que não braços? Óbvio que não, as nascentes eram pernas. Onde se uniam? A perna oeste nascia perto do que hoje é o metrô; a outra, na feirinha de antiguidades. Como seria o encontro das duas, onde?

Começou a digitar, dessa vez com ritmo. Não sabia bem qual o produto final do projeto. E àquela altura tinha se esquecido de Joana, dos cabelos castanhos, tão bonitos, da carinha muito esperta e de fundo triste. Fazia tempo não dizia que Joana tinha cara de pintura.

Descreveu o Rio Pinheiros serpenteando para o Tietê. Pensou no Pinheiros de hoje, um tanque quase sem vida. Já chegou a correr ao contrário, se jogando dentro de canos desde o topo da Serra do Mar. E, claro, não dava pra julgar o homem que bolou tudo isso: Asa White Billings quintuplicou a geração de kilowatts em São Paulo. Hoje o Pinheiros é um retângulo, ou sabe-se lá que tipo de polígono, meio torto e lutando para ficar limpo, sem fim nem começo, para onde vêm canalizadas e soterradas as duas pernas do Verde, que não devem ter sido obra do Billings, mas que assim mesmo foram separadas para sempre. O mapa mostrava: Córrego Verde I e Córrego Verde II.

Petra fez uma pausa. Como estaria Joana? A caminho da cozinha pensou em bater no quarto, perguntar se queria chá, desistiu. Joana precisava de espaço. Quando pudesse, pediria ajuda. Petra jogou hortelã fresca na água fervente, esperou, encheu de gelo um copo longo até a boca e despejou o chá, pelando, mas sem encostar no vidro. Tinha aprendido com a mãe, adorava o milagre. Joana também ficava fascinada. O copo não racha nem se for de cristal.

Volta ao corredor no instante em que Joana saía do quarto com a boca de batom. Arrastava as malas e vestia as bolsas cruzadas no peito. Se entrega, pensou. Joana teria a coragem de se mudar? Não disse nada, podia ser pior.

Para em pé com o copo na mão. Não tem espaço para Joana passar. Petra gela, oscila entre abraçar e deixar que fosse, entre falar com carinho e mandar ela de volta para o quarto, para pensar no absurdo, sair de casa tão verde, sem estrutura, sem emprego. Como ia pagar as contas? Vacila um pouco, quer só abraçar. Mas não sai de onde está.

* * *

Joana para no corredor como quem está no duelo. Ela armada de bolsas e malas, e a mãe com chá de hortelã. Joana segue, Petra não sai do lugar. Joana anda mais dois passos, tem de parar: dá licença, crispada. Petra não se mexe. Só bica o chá gelado. O copo sua, dentro dá para ver as folhinhas. Joana pensa em quebrar o copo. Volta a andar, não vai desistir. Petra sai da frente no último instante, antes que o choque fique ridículo.

Quando Joana percebe que a mãe a vê pelas costas, sente que tinha ganhado aquela. Pega o chaveiro do apartamento da avó, pendurado com outros no fim do corredor. Aguenta, Petra, a sua filha vai embora. Pensa, não fala.

Petra ainda tenta: o apartamento está fechado faz meses. Precisa limpar, ligar a luz, a água, nada funciona. Joana não reage, nem com o aviso de que não tinha mais internet, e Petra muda de argumento: não percebe que vai para o quarteirão bem em cima do Rio Verde? E quase no pé do cemitério? Isso não pode ser bom. As galerias passam por ali, a garagem vai inundar. E tem o Feng Shui, água corrente por baixo, sabe como é, drena a energia. Olha como a sua avó morreu.

Que besteira, qualquer um pode ter câncer. Joana quase diz mãe, mas se corrige a tempo e fala Petra. Que sem noção, Petra, você nunca disse isso pra Vó Elma, que morou naquele apê por anos.

Petra responde o pior: então pode ir para não voltar. Joana nunca tinha escutado tanta frieza na voz da mãe.

*

COM O BAQUE, Fernão se percebeu na cova. Não se morre de uma hora para outra, um instante vivo e no outro defunto. Acontece fibra a fibra. Nos estertores já se corta uma; vai-se outra quando o coração para, a respiração; a mortalha é mais uma. Com a terra, o fim era mais fim. Não teve medo, de que adiantava. Veio o frio fino, sinal de que estava para ir.

Rita tinha sido enterrada primeiro, e aí Fernão perdeu ela de vez, o que foi o pior. Não a sentiu mais, mesmo que soubesse que estava ao lado. Nada do cheiro, do toque da mão, da voz, do sorriso aberto. Nem daquela coisa que Fernão não chamava de alma, o que ninguém no mundo tinha, a riteza; e Rita, no dia em que ouviu a palavra pela primeira vez, caiu na gargalhada. Embaixo da terra até a riteza dela tinha sumido.

Talvez Rita tivesse morrido por culpa dele, do molho pardo. Degola traz esvaimento. Ele não devia ter pedido a galinha, de algum jeito aquilo de perder sangue passou para

Rita. Teria bastado canja para o parto. O molho pardo tinha sido pedido dele, que só pensava em si. Se tudo corresse bem, comeria o prato quente no fim do dia. Mas correu mal. Rita se esvaiu, e ele não pôde ajudar. Morto não ajuda. Rita desbrotou, como uma nascente ao contrário, uma mina que seca. E agora não a sentia. Talvez ela não o sentisse também. A última pá de terra cobriu o rosto de Fernão.

*

A ÁGUA CARREGA Petra, que não sabe onde está. Será que Joana esteve ali? Quem tirou a mecha de cabelo da cara dela? Acha que escuta uma revoada de maritacas. Parecem falar, ao contrário das de casa, que latem igual a cachorro de colo. Agora são mulheres: mingau coroca nhenhenhém pindaíba tocaia biboca catapora e mutirão. O que dizem corre com Petra, na água. Palavras como peteca tipoia cumbuca pereba e tantas outras que já nem escuta. Joana não xingava o DNA, ao contrário: parecia maternal. Petra até falou calma, você vai ser mãe, é só esperar. O tempo resolve. E Joana escutou paciente, como quem concorda, como quem abandona a ideia torta de passar pelo mundo e não deixar ninguém. Petra gostou de como ela fazia que sim com a cabeça, até quando disse a ela que não dava para ser mãe sem culpa. Falou: Joana, serviria de consolo saber que ter você foi uma das minhas raras escolhas certas, por completo, dúvida nenhuma?

Sente um tranco e deixa de perceber a filha. Tinha batido as costas numa grade. Sabe que dali não passa. Estranha que não se assuste. Só tem a constatação fria, e um pouco curiosa, de que é um resto que não passa na peneira. Se não a encontrarem, vai se decompor. Não tem medo, se lembra do que escutou, tomando cerveja: pele de afogado parece líquida. A pele vai se soltar, atravessar a grade e seguir em fitas com a corrente do Verde até o Pinheiros.

Mas e se, outro se, o Pinheiros não tivesse sido retificado nem interrompido como um tanque em pelo menos dois trechos e ainda fluísse para o interior, os fiapos de pele serpenteariam para o Tietê, onde poderiam continuar, cruzando todo o Estado de São Paulo.

Parte dos restos correria até o rio Paraná, veriam Foz do Iguaçu e navegariam pela Tríplice Fronteira, vindo a desaguar no rio da Prata e no Atlântico. Quem sabe, depois de um dia quente, o mau tempo vindo do sul poderia suspender ao menos uma gota da água retida na pele dela, para que voltasse a São Paulo. As pessoas são mais água do que outra coisa. O ciclo não tem fim, ou talvez tenha. Esse foi o caminho das águas do Verde, que hoje nem se junta. Petra se dá conta: está no Rio Verde I, um ipsilone solteiro, como os restos de um jogo já jogado de ossinho de frango.

*

CHOVIA PELO CANTO DESFEITO do sapé. Rubem achou Balbina e a recém-nascida no único pedaço seco. Ela conferia o aió para cruzar o espigão rumo ao sítio. Pôs os instrumentos de parteira, as faixas de algodão que Rita tinha tramado e diferentes bicos para leite, nem toda cria pega direito quando não é peito de mulher. A criança dormia sossegada na gamela. Balbina a tinha enfaixado firme, como ensinava as mães novas.

Melhor eu batizar logo, não pode ficar pagãzinha, disse. Já não teve padre no enterro dos pais, não vai ter no batizado. Pegou a menina e começou as rezas, mas parou. Chamar de quê? Rita, como a mãe?

Batiza logo, disse Rubem. Diz só Filha de Deus, depois a gente vê. E se alguém conta para o Brontes que te viu com a cria?

A menina chorou ao sentir a água na cabeça. Fizeram o sinal da cruz; já não estava pagã e tinha padrinhos

* * *

Saíram no escuro. Rubem puxou a mula, que levava Balbina, que carregava a cria na tipoia. Torceu que não chorasse, criança quando grita vara morro. A lamparina não serviu para nada, apagou. Rubem precisou apalpar o chão com os dedos dos pés. Com os buracos, os charcos, os troncos, não adiantava ele achar o melhor trecho, a mula pisava em falso, o oposto do embalar. A menina não parava quieta. Quando não gemia, berrava. Balbina ajeitou, embrulhou, deu até o mindinho para que chupasse.

Chegaram a custo no topo do espigão. Faltava pouco para o sítio, mas tiveram de parar, quem é que não pararia para olhar um clarão da lua daqueles. Apareceu por trás das nuvens baixas, inteira e gorda como não tinham visto antes. Estava tão perto que podia cair do céu. Era como se o vale de lá, o das Pacas, todo iluminado, tivesse sido criado naquela mesma hora. A criança sossegou na tipoia, e Balbina pensou, îasy-obagûasu, diante de uma lua grande como aquela. A avó materna que a tinha criado e ensinado a curar, a Aryîa, sempre dizia isso com a lua cheia. Ficaram em silêncio, a vista pedia.

Balbina não tirou os olhos da lua. Disse: îasy. Repetiu o som do nome dela, iacy, e Rubem perguntou que foi.

Vai se chamar Iacy, em respeito à lua. E vou criar como menino. O nome serve para homem e mulher.

Rubem escutou o choro do mãe-da-lua. Soou como o da criança: o primeiro pio veio agudo, os outros desceram em escala até o mais grave. Credo, pássaro do agouro. Parecia também risada de fantasma. Mas e se fosse só o urutau, sem penado por detrás?, o agouro podia ser para a menina, coitada. Como Nhá Balbina pôde sem pensar direito decidir criar ela como homem? Crescer com nome de lua, vá lá. Mas fazer dela um macho-falso? Não podia. Rubem seguiu ruminando mas não falou nada. Balbina curava gente havia tempo, devia ter o dobro da idade dele e sabia das coisas.

Continuaram pelo topo do espigão, naquele pedaço só pedra firme, sem árvore e com vista para os dois lados. Rubem tentou afastar o pensamento de uma lista de desgraças: com Balbina, com a criança, com ele mesmo, e estremeceu ao olhar para trás. Tudo escuro no vale que tinham acabado de deixar. Lá, a lua ainda não alcançava. O urutau repetiu o choro. Vamos. Ia puxar a mula quando percebeu Balbina só de olhos para Iacy. Não a îasy, lua-cheia do céu, mas para a cria. Talvez Balbina não tivesse escutado o urutau. Em cima da mula, no topo do espigão, tatibitava devagar para Iacy na tipoia. Por um momento ficaram assim, olho no olho. Onde se viu mulher feita dar confiança a um bebê.

Que é isso, vai estragar a cria, vamos. Rubem puxou a rédea mais forte do que precisava e se arrependeu. O choro ardido assustou a mula, e o urutau gritou. Talvez o pássaro tivesse vindo para o bem, a voz se confundiu com o choro.

Fizeram o último trecho no breu, as árvores esconderam a lua, a trilha estreitou. Viraram a curva, Balbina sobre a mula, Rubem a pé, e a casa apareceu na clareira.

* * *

Vai criança, vai trouxa, Balbina ia apear. Depois de pôr Iacy no alpendre, Rubem estendeu a mão para que descesse e no mesmo instante tirou o chão dela. Avisou: ia voltar para o sertão. Tanto tempo juntos no caminho e só naquela hora tinha pensado em contar. Para as Minas? Não, umas terras novas no sertão fundo, acertei faz duas semanas. Rubem raspou a lama do pé e não teve coragem de olhar para Nhá Balbina quando disse que a tropa ia sair em poucos dias.

Ela pôs a cria no lugar mais abrigado da casa, enquanto ele ajeitou a rede no alpendre. Era só dormir o resto da noite, mas Balbina teve fome, Rubem também teria, o último farnel tinha terminado ainda na choça da Santa.

Foi cozinhar milho. Como a lamparina tinha apagado no caminho, o jeito foi começar fogo novo. Friccionou o espeto com tanto empenho no buraco de madeira mole, que parecia com raiva do fogo que não vinha e não de Rubem, que estava para largá-la só com uma recém-nascida. Começou a bufar sobre a palha e a mechinha de algodão e a girar o espeto entre as mãos, cada vez mais depressa.

Sair era o que Rubem fazia, ele e Fernão, não devia ser surpresa, Balbina soprou forte, com vontade de acordar Rubem, deitado na rede com o chapéu na cara. Os homens eram assim, iam e vinham, isso quando voltavam. Apareceram as primeiras fagulhas. Continuou friccionando, um graveto pegou fogo, e outros, começaram as brasas. Faltavam as achas maiores, ainda úmidas.

Balbina pegou o fole, qualquer povoado em volta de Piratininga fazia como ele: mal inchava e já se esvaziava de homens. As roças começavam, se espalhavam, desmilinguiam. Os caminhos saíam de Piratininga e não paravam de mandar gente para o sertão. Os que conhecia não ficavam ricos; os que podiam organizar as expedições, voltavam com fortuna. Como o Brontes e o padre dele, que capturavam os da-terra.

Rubem e Fernão eram novos, começaram as viagens quando o assunto já eram as minas, voltaram vivos das lutas pelo ouro e graças a Deus não preavam. Aquilo de prender gente para escravizar não podia ser coisa de cristão. Rubem tinha dito que agora prender da-terra era mais proibido do que já era, como também era proibido chamar de escravo. Índio era administrado, que escravizado era só o negro d'África. Mas dava na mesma, era pão, pano e pau para ambos. Balbina conhecia gente demais que era cativa, como a mãe e a avó, até que o pai quis se casar e as trocou por uma partida de seda, duas enxadas, um forcado e um tambor.

Balbina tanto andou para lá e para cá, cuidando que a menina estivesse bem, e a casa, que quando viu o milho ficou pronto. Não chamou Rubem para comer, só esbarrou de propósito na rede dele. Não tinha nada que sair dali. E ela, e a menina? Com ele se indo, Balbina precisava mesmo sumir, uma velha e uma cria logo ali para o Brontes descobrir? E quem ia cuidar das coisas se saísse?, não ia contar com Rubem. Não que fossem tomar o sítio. Era uma pirambeira, e terra por ali já não interessava tanto. O que mais tinha era tapera e roça abandonada. Só não queria começar de novo na volta.

*

QUANTO TEMPO DEMORA para deixar pra trás uma coisa ruim? E quanto tempo para perder uma coisa boa? Joana se planeja, desembrulha os cadernos novos para o último ano da faculdade e sente que Petra é assunto superado. Foi capaz de sair de casa e não precisou voltar. Em quase todos os meses até que defende a grana sozinha.

Quer dizer, sozinha, sozinha não. Para além do apartamento e do eventual saque no pouco de dinheiro que a avó deixou, é como se ainda tivesse a companhia da Dona Elma. A avó sempre a entendeu tão bem que esse entendimento continuou, mesmo tendo morrido.

Como alguém daquela geração podia entender uma pessoa jovem? A avó sabia mais dela do que Petra, que não tinha ideia de coisa nenhuma. Mas a força que a Dona Elma dava para Joana não tinha nada de místico ou religioso. Tem apoio que fica dentro da gente e pronto.

E Joana parece um pouco velha, tanto que gosta de papel. Abre o fichário novo, coloca nele os envelopes perfurados (uma das suas poucas concessões ao plástico) e pensa num exemplo da Vó Elma versus a Petra. No dia em que chegou em casa de cara amarrada por brigar feio com o Du, a Petra achou que era com ela, armou um escarcéu, se ofendeu. Precisava? Joana foi direto até a Vó Elma. Chegou com a mesma cara amarrada, e a única coisa que a vó fez foi dar um chocolate quente. Sentada na cozinha com o calor da caneca entre as mãos, Joana acabou aterrissando a ponto de poder falar. Porque antes o corpo podia estar visitando a avó, mas o resto sentia a raiva da briga com o Du, e ainda nem tinha saído do apê dele. Terminou a visita, e ela voltou leve para casa. Por sorte Petra não estava.

Joana não acha estranho substituir a Dona Elma como na corrida de revezamento. Não ocupa o lugar da avó só no apê, na vida também. Não lembra que dia teve esse pensamento, que agora fica com ela: a vó fez o checkout, e ela entrou. Melhor dizendo, sai uma mulher do mundo dos adultos, e aparece a outra. Claro que não é uma substituição perfeita. Seria bizarro coincidir cem por cento com a avó morta. Joana não é e nunca será a Vó Elma. É uma pessoa única.

Mas quem? Sabe o que *não* é. No começo dividiu o apartamento com a Graça e a Rê, só que em menos de um ano falou para as amigas saírem. A grana não compensava a bagunça, a conversinha, as risadas e muito menos a ideia estúpida de que encher a cara era a coisa mais importante do mundo. No começo ela até bebia um monte junto, mas o estômago é ruim, enjoa fácil.

Veio o Du. Morou no apê por ainda menos tempo. Sabe que não é o parceiro para ela. O maior feito do Du foi ter mijado pela grade do chão do Beco do Batman. Ela não tinha dito nada, mas se ofendeu, talvez porque tenha, afinal, aprendido de Petra: o rio merece respeito. O Du nem foi importante, e, depois de idas e vindas, acabou.

Joana então achou que tinha ficado deprimente morar sozinha num lugar com relógio cuco e sofá de estampa floral desbotada. Fazia muito frio no dia em que vieram tirar os móveis da Dona Elma. Era uma organização das que doam tudo. O plano era deixar o apartamento vazio como ela queria que a cabeça ficasse. Precisava começar do zero.

Olhando os tacos meio empoeirados com os ciscos, os papeizinhos e um clipe, restos daquela mudança, não achou ruim nem o vento entrando por baixo da porta do terraço, agora que não tinha tapete. E talvez esse vento tenha de algum jeito a lembrado do banquinho e da almofada de motivos indígenas da avó. Era lá que ela punha os pés para cima. Correu para o resgate, antes que o caminhão saísse. Também adorava ler com os pés para cima. E seria ridículo se livrar de tudo da Vó Elma.

Foi remontando peça por peça o começo de lar: o sofá usado com cara de bom design, a mesa de centro, vasos de plantas. Poucas coisas, mas a cada mês um detalhe. Agora olha em volta com orgulho. Petra ia ficar besta, como você tem gosto, minha filha.

Escutar isso da mãe passa pela cabeça. O convite para o café tinha começado a aparecer cada vez mais. Não abre as mensagens, mas dá pra ler as primeiras palavras no aviso de tela: Vamos tomar um café?, ou qualquer variação disso.

Pensar em Petra pesa, melhor pensar nas plantas. Estão bem, acertou com o manjericão, que agora até dá flor, e na cebolinha, uma raiz enterrada sem expectativas e que rendeu uma touceira. O alecrim está crescendo.

O sol entra pela porta do terraço. *Tem* terraço. É pequeno mas é dela. E quase todo mês consegue pagar as contas sem resgatar o que foi da avó. Para isso gasta o mínimo. Vive como um faquir, o que acha até legal. Ainda vai descobrir a que veio. Na vida, não só na profissão.

Vai se formar jornalista e não vai exercer. É o trabalho da mãe. Ainda não escutou o áudio de Petra dizendo que perdeu o emprego. Não sabe muito dela e não quer saber. Não sente pena. Ao mesmo tempo, Petra é uma mulher de dar pena. Mas não é para pensar nela, se corrige, é melhor que o assunto fique no fundo de um poço bem tampado.

Hoje é sobre Joana: plena no apê. Uma adulta que sai para caminhar. Passa um pouco da hora do almoço, e o dia está bom. Resolve adiar a aflição sobre o que fazer com o resto da vida. Talvez pare num café.

Ainda não são quatro da tarde quando volta para casa depois de um chá gelado, um avocado toast e um brigadeiro vegano. Àquela hora não parece que vai chover, quanto mais cair a tempestade que logo depois criou a cratera de um cruzamento não muito longe dali.

*

RUBEM TROUXE O MENINO para ajudar no sítio. Mandou se sentar no alpendre, precisava falar com Nhá Balbina. Era Saulo, caçula do ferrador. Falou em voz baixa que o pai tirava o couro dele de tanto surrar e também arrancava o dinheiro dos viajantes, se aproveitando do trecho ruim da estrada entre Piratininga e Pinheiros. Moravam ao lado. Muito animal perdia a ferradura ali. Para um serviço simples, como o dono dar todos os preparos e ele só cravejar, cobrava meia pataca ou mais. E dava um jeito de convencer que ferrasse as quatro patas.

Saulo, o Quiririm, ia cuidar da roça e dos bichos enquanto Balbina estivesse fugida com a criança. O menino veio falando o caminho todo, o apelido devia ser porque todo mundo mandava ele ficar quieto. Silêncio, Saulo. Quiririm! O pai já tinha nascido aqui, não no Reino, e se fez de difícil, mesmo achando que o filho que não sossegava nunca não servia para o trabalho de forjar e ferrar. Só concordou em entregá-lo depois que Rubem ofereceu uma troca: a rede, uma gamela e mais o forcado de Fernão.

Balbina ralhou: Quiririm tinha chegado alegre demais para perto dos gansos. Ele imitou o grasnado, nunca tinha visto aquele tipo de bicho. Devia é ter medo, ganso ataca, e com a mão ela mandou: vem cá. Era bem mais novo do que esperava, com certeza nem tinha dez anos. Mediu ele com os olhos, avaliou se teria força para o trabalho da roça, dos bichos. Passava. Aceitou ficar com Quiririm por causa do olhão aberto, de gente que presta atenção. Parecia um menino bom.

Como não tinha motivo para contar que Iacy era menina, só não deixou ele chegar perto. Vem por aqui, disse Balbina, e mesmo sabendo que ofício de roça se aprende vendo e imitando, e por uma vida toda, foi mostrando as cabras, a casa, a plantação, as ervas secando, o que fazer com chuva, calor, vento ou frio, contou como se faz o coalho e, ao encontrarem o bebê, que dormia, avisou que aquele era o Iacy, nada de mexer com ele, é muito pequeno.

Curioso, Quiririm chegou perto e não parou de contar que em casa não tinha bebê, que ele era o último, só irmãos grandes e nenhuma irmã, nem mãe, enumerou os irmãos do maior para o menor, e aí, mal começou a lista de perguntas, se era filho dela, se tinha acabado de nascer, e Balbina cortou logo, quieto, Quiririm. Claro que não, olha o tamanho, tem mais de mês, é do tempo de Finados, Balbina mentiu para distanciar ainda mais aquela criança do nascimento verdadeiro, e continuou: é filho de uma sobrinha, Deus a tenha. Peguei para criar. Quiririm era fácil de enganar, e a menina podia ser grande, mas tinha só dias.

Colheram o que puderam, milho, mandioca, batata-doce. Balbina guardou o que dava na casa e, com Rubem, preparou munição de boca para a viagem, embrulhando as farinhas em palha de bananeira. Os primeiros pacotes do Quiririm ficaram desconjuntados, então Balbina mandou ele trazer mais lenha. Escolheu não pensar nas coisas dela com aquele menino cuidando.

A despedida foi difícil. Mesmo sendo comum, ninguém sabia se voltava. Rubem montou na mula carregada, e Balbina ficou no alpendre. Ele levantou o chapéu, ela acenou.

* * *

No começo da noite Balbina sentou no alpendre. Só então descansou. Iacy e Quiririm dormiam. Além dos preparativos da viagem, Iacy tinha passado o dia a se contorcer, brigando com o bico e o leite de cabra. Como é que Balbina tinha uma criança? A idade de parir tinha passado, Deus não tinha mandado marido, e ela não fez questão de sair procurando. Assim não vieram os filhos que ela um dia teve a certeza de que teria. E agora Iacy.

Pelo menos tinha adormecido depois de aceitar a banana madura, esmagada pelos dedos de Balbina. Criança que briga com leite tem de viver também de banana ou não vinga. Iacy ia vingar. Só não podia cair nas mãos do Brontes, ser criada pelo assassino do pai, só podia ser ele, matar sem se dar ao trabalho de roubar. Por isso Balbina ia largar a roça, as cabras, as galinhas e os gansos. Olhou a casa quieta, os bichos recolhidos, só os grilos e o fogão crepitando ao lado. Doía ter de ir.

Ela só podia morar isolada por ser curandeira. Quem cura, do mesmo jeito mata. E também porque gostava. Mulher nenhuma tinha coragem de viver assim, só e longe. Lugar de velha era na aldeia, Pinheiros estava cheia de viúvas. Na estrada ninguém saberia da utilidade do ofício dela. Uma velha e uma criança de colo seriam presa fácil. Por isso, Balbina não queria ir longe. Talvez o certo fosse escolher um povoado ali perto, mesmo com o risco de ser reconhecida. Saiu dois dias depois e um pouco mais tranquila quando sentiu que Quiririm poderia cuidar da casa, ainda que mal e mal.

No aió a tiracolo levou os apetrechos de parto e o máximo que pôde de ervas e raízes. Sem a terra, viveria só de curar os outros. Escolheu a melhor cabra de leite, que levou os bicos amarrados no pescoço. Balbina também saiu carregada, mais que a cabra. Pôs Iacy na tipoia, à sua frente; a tiracolo colocou o aió; atrás foram as faixas da criança e a panelinha. Pegou o cajado e começou a andar. Se virou uma última vez, não tinha clareado direito.

Quiririm pareceu ainda menor ao acenar da porta de casa.

*

ACIMA TEM OUTRA GRADE. Esta é horizontal. Por ali entra luz, é a rua. Petra percebe as vozes de muitos homens, tá saindo, hein, pega o cabo, esse, pega. E alguém perto gritando puxa, puxa, puxa. Pega a maca depois. Vai ter que tirar primeiro, viu, vai puxa, puxa, puxa. Ela sente o solavanco. Peraí, peraí, puxa, vai sair, hein? Amarra aqui assim, ó, vai estar aqui na frente, Petra sente um puxão, e mais outro.

Põe na maca, ouve. Pega água limpa pro rosto, vai, pra lavar. Ela respira? Pra lavar. Está viva? Amarra e traz. Pega a cabeça, a cabeça, esquece o cabo, cuidado o braço, pega a cabeça dela, a cabeça em cima, a cabeça no alto. Peraí. Vira de lado a cabeça, vai virar de lado, não? Vamo lavar o braço dela, precisa do soro, coloca lá, vai. Com água e depois álcool. Do que você precisa? Álcool. E o algodão. Tenente, tem algodão aí? Abre os olhos, abre os olhos dela. Desamarra, tira a corda, mas cuidado, porque senão ela escorrega.

*

TALVEZ FOSSE UM BOM AUSPÍCIO. A cerração abriu no primeiro sol e mostrou dois mares de neblina branca logo abaixo. Um cobria o vale do córrego das Pacas; o outro, o lugar onde Iacy tinha nascido. Balbina estava na crista do espigão. A aragem na cara foi outro sinal. Ela seguiu pela primeira vez com ânimo, mesmo que o sol às vezes a ofuscasse um pouco. Pode que tudo aquilo tivesse vindo para o bem. Foi caminhando só com o barulho dos bicos no pescoço da cabra, fora os passarinhos. Iacy dormia.

Até ali, ninguém. A vida de andarilha não seria má. Sabia de uns religiosos que perambulavam assim. Não seria tão perigoso, mesmo que não tivesse notícia de andarilha beata, quanto mais curandeira. Deu outro toque na cabra para que acertasse a trilha. Entrou por um trecho comprido com árvores mais altas, aproveitando a sombra, até avistar uma clareira. Mas, antes de alcançá-la, e às duas vistas que já antecipava ver de novo, foi surpreendida por um raio de sol, como se ele a punisse com a cegueira ao brilhar direto no olho, o que a fez voltar à ideia de que eram um alvo:

uma mulher só, uma cabra e um bebê, as três por aí, uma desgraça esperando para acontecer.

Se tivesse juízo, moraria num povoado. A vila de Piratininga ou a aldeia de Pinheiros. Nenhuma ficava longe. Chegaria a Pinheiros antes do final da manhã; a Piratininga, um pouco mais tarde. Não tinha parentes ou amigos em Piratininga, então seria mais difícil que fosse encontrada, até porque tinha mais gente. Mas, pelo mesmo motivo, como se estabelecer num lugar em que não se conhece ninguém? Pinheiros era o oposto. Tinha gente dela, mas era mais perto, um lugar arriscado para quem queria desaparecer. Talvez devesse ir ainda mais adiante. Decidiu que ir além era questão para depois. Primeiro, o rumo: o de cá ou o de lá.

Quando topou com a encruzilhada, ainda não tinha escolhido. Descansou na pedra, melhor esperar a decisão assentar também. Pôs a trouxa ao lado e amarrou a cabra no toco. O sol tinha subido um pouco mais, não incomodava. Se pegasse o caminho da esquerda, daria em Piratininga, terra de Yapyra, a ancestral. Se fosse à direita, desceria para Pinheiros, perto de onde Balbina cresceu cuidada pela avó da-terra, a Aryîa, e o pai reinol. Lembrou-se do pai, Manoel Cascudo. Vendia o que desse, de feijão e ferramentas a panos de corte. Da família tinha sobrado uma tia idosa e uma prima que não era filha daquela tia, talvez nem estivesse mais em Pinheiros, além de uns conhecidos. Os outros tinham ido embora. Balbina não teve irmãos, a mãe morreu quando ela nasceu, e em cada parto que assistia se lembrava da mãe, ou da ideia que fazia dela, pensando, essa mãe eu salvo. E tinha salvado muitas, mas não a mãe da inocente dormindo na tipoia.

* * *

Escutou o grunhido ainda sentada na pedra, sem ter conseguido escolher qual dos caminhos. Era um porco desmamado. Não soube de onde apareceu. Bicho do demo, ela se levantou e persignou-se. Macho e fêmea ao mesmo tempo: boquinha de baixo e colhões. Chegou, ficou a fuçar, caminhou até os pés de Balbina, que saltou de lado.

O porquinho se afastou. Ela voltou a sentar, ainda de olho. O bicho pareceu tomar o rumo de Piratininga, para lá ela não ia mais. Depois quis ir para a direita, então também não era para descer até Pinheiros. O desmamado rodou, vagueou um pouco e parou de vez, mas bem no meio da encruzilhada e como quem diz, daqui ninguém passa. Àquela hora já devia ter gente no caminho, mas não tinha. Ninguém viu o que ela viu. Tudo em silêncio, nem ventava. Só ela, Iacy e a cabra, de um lado; e, do outro, o porquinho, que agora encarava Balbina no meio da encruzilhada com olhinhos de olheiras, credo em cruz.

Pobre Iacy, aquele porco macho-e-fêmea tinha de ser o sinal de todos os sinais. Balbina pelo mundo, a cuidar de uma menina de calças? Alguém perceberia, sabe-se bem o que acontece quando um povoado inteiro se volta contra uma pessoa: uma turba com tochas, a caçá-las. Também não dava para vagar com Iacy. Errante, sem laço, sempre forasteira, a pessoa de quem se desconfia. Estariam melhor em casa, mesmo que para isso tivesse de continuar a enganar o Brontes. Deu meia-volta. O lugar dela era no próprio sítio.

* * *

E foi graças a Deus. Tinha voltado a tempo de ver o Quiririm trepado na goiabeira com os dois gansos abaixo, grasnando e sibilando, de pescoço esticado, que aquele era um intruso, a terra era deles. O menino tremia, mas não parou de dar ordens inúteis, que os gansos não tinham nada de estar lá, que saíssem. Havia tentado quebrar um ramo para cutucar os bichos e se proteger, estava verde demais. Mesmo se defendendo como podia, falando e engrossando a voz, era uma criança borrada de medo. Balbina imaginou a tragédia se tivesse ido em frente e fugido de casa com Iacy: o menino morto na árvore, de sede e de fome, ou no chão, de olho vazado. Talvez o porquinho macho-fêmea tivesse aparecido para avisá-la daquilo também.

Pôs Iacy dentro de casa e tratou de tirar os gansos de lá, com o plano de abater um e depois o outro. Tinha aprendido na loja do pai que o fígado era uma iguaria, assim separou o primeiro ganso e o alimentou à força, com a cana goela adentro para receber o milho até ficar bem gordo para o abate. A vingança seria de Quiririm. O primeiro bocado do fígado seria dele. Os gansos tinham de aprender: o menino é dos nossos.

Antes de matar o segundo e último ganso, Balbina conseguiu um cachorro novo, recém-desmamado e vindo de uma roça para o lado das Pacas. Não ia ficar sem proteção. Chamou ele de Cipó.

*

PETRA SE SENTE SALVA. Escuta um socorrista. Tenente, tem algodão aí? Não sabe onde está. Talvez Petra tenha visto uma senhora com roupas muito simples, carregava um bebê no colo. E agora tinha ouvido um rapaz irritado dizer desce já daí. Mas não era com ela que o menino gritava.

* * *

Petra está deitada e percebe que a erguem, com um pequeno solavanco. A nuca bate de leve na maca.

XX. Cromossomos femininos.
Na sétima semana os testículos
diferenciam o sexo biológico do
embrião XY, masculino.

*

A GOIABA PEDIU, foi só subir. Iacy sentou no galho liso e mordeu. Quiririm chegou embaixo, no pé, reclamando como se tivesse chamado mil vezes. A goiaba veio bichada, Iacy cuspiu e atirou o resto nele, que desviou e disse praga, menino. Nem tinha feito força para acertar. Quiririm era muito mais velho, mas era como se fossem iguais. Do chão ele falou vem logo, hora de comer, Nhá Balbina chamou. Iacy provocou, já estou comendo. Foi quando Quiririm riu e apontou, que é isso, sentou na goiaba?

Iacy baixou os olhos. Não era goiaba, era sangue e bem no meio das pernas. Tinha se machucado. Pulou para o chão e correu para a madrinha, que curava tudo. Desceu o pouco de morro até a casa e encontrou ela terminando de cozinhar. Desviou das galinhas; do Cipó, cachorro velho e preguiçoso; afastou a réstia de alho e chamou. Balbina nem levantou os olhos e mandou que mexesse o pirão, ia encaroçar. Iacy repetiu: olha aqui, madrinha, foi na goiabeira. Me cortei.

Balbina continuou não dando confiança, já estava para pôr as cumbucas na mesa. A mesa sim, era novidade, o pagamento da cura de umas tosses que não se resolviam, e de uns três ou quatro outros males da mãe de um dono de terras antes do Mboaçava.

A chegada da mesa fora um acontecimento. Tinha vindo pelo caminho da boiada. Foi presa no carro de boi e com os pés para cima como caça, depois indo pelo morro até onde deu. No resto da subida foi carregada por quatro homens. Agora estava onde Rubem e Quiririm tinham colocado, embaixo das jabuticabeiras. Desde que chegou ficava no alpendre, porque na casa não cabia. Com aquele almoço Balbina tinha dois motivos para celebrar. Primeiro, a visita do Rubem, que havia voltado mais uma vez com saúde e uns cobres no bolso. Mas o mais importante era experimentar algo que se fazia no Reino e na Última Ceia: comer em volta de uma mesa.

Foi Rubem quem trouxe os peixes, disse Balbina a Iacy, ainda cozinhando. Que dessa vez ele fique, pode ajudar com a ponte nova. Iacy não saiu do lugar, e Balbina resolveu mexer ela mesma o pirão. Vai, que Rubem está a pitar na pedra. A pedra era onde ele guardava distância respeitosa de Nhá Balbina quando vinha e não estava consertando alguma coisa maior com Quiririm, como o teto ou um reforço de parede.

Pede logo a bênção, mostra como estás grande, que já me passaste.

Iacy não foi. De pé na frente de Balbina, afastou as pernas e puxou as calças para os lados. Não ia falar com o Padrinho com a roupa suja de sangue, ainda mais naquele lugar.

Cruz-credo, menino.

* * *

Aquele dia não era para ter chegado, mesmo que Balbina às vezes pensasse no assunto. De menino Iacy só tinha a roupa, as tarefas pesadas e os maus modos, para disfarçar ela não tinha educado, de propósito. Agora olhava para aquela carinha e via a menina que deveria ter sido. Sentiu um aperto, os vestidinhos que não usou, os penteados, as águas de cheiro. Não que Balbina fosse disso e, mesmo que se importasse, não podia fazer mais do que o necessário para atravessar cada dia duro. Mas agora, Iacy uma rapariga. Como seria?

Cresceu Iacy. Balbina costumava não chamar de uma coisa nem de outra. Corria por toda a parte com Quiririm. Era bodoque, funda, caçar passarinho, pegava mais do que ele.

Depois Balbina salgava, deixava secar e torrava. Não tinha coisa melhor que a cara suja de Iacy mordendo ossinho crocante. Ela sentia pena de bicho maior, dos que mamam, mas caçava assim mesmo. Macaco, cotia, paca, e depois comia, com tanto apetite quanto Quiririm.

E o susto no primeiro inverno, quando Balbina pegou uma febre de delirar. Iacy só chorava, o menino foi ver. Encontrou mijo por tudo e disse deixa que eu troco. Balbina teria evitado se tivesse percebido. Quiririm veio correndo com o olho grande de pavor, Nhá Balbina, falta um pedaço, tiraram o pio-pio dele, do Iacy.

Quieto, isso é segredo. Ninguém tirou nada. O mundo cai se descobrirem, você apanha de laço, e alguém vai morrer. Ele entendeu, de medo entendia, o pai dele sabia bater. Não perguntou mais. Ficou proibido de se aliviar ou tirar a roupa na frente de Iacy e obedeceu. E nada de vigiar o banho. Guardou segredo e depois respeito. Que fosse procurar moças para o outro lado, quando chegasse a hora. Cresceram amigos, pelo menos até ali.

E para seguir no despiste, começaram a falar como se Iacy fosse homem: cansado e não cansada, sabido, crescido. Eles no ermo, Iacy não sentiu falta.

Balbina chamou Iacy para o quarto, levou a jarra e a bacia d'água. Entregou a ela meia dúzia de toalhinhas grossas. Ensinou a deixar elas limpas, lavadas e secas, para dar conta das regras como uma boa rapariga. Iacy bateu o pé, isso não. Balbina insistiu, mas nem aplicou cascudo. Como explicar essas coisas de uma só vez, sem poder dizer que tinha um avô vivo e perigoso? Para o menino que era, seria difícil viver com aqueles cuidados.

A madrinha olhou para Iacy, o peito já enchendo, a cintura fina. Uma mulherzinha perfeita escondida por baixo das calças e da camisa desgrenhada. Formosa, parecia um pouco com a mãe, só mais alta e forte. Pena não ter salvado Rita para que a visse assim, crescida. Tinha pano? Ia começar o vestido logo depois do almoço. Iacy ia ficar linda.

*

O CELULAR TOCA e acorda Joana. É número desconhecido, ela deixa pra lá. Meio dormindo, volta para o travesseiro e vê a cadeira capenga. A rodinha tinha se soltado na véspera, na tempestade fora de qualquer proporção. Continua ignorando que a área de serviço deve estar encharcada, a roupa do varal também. A cadeira tinha quebrado quando o estampido do trovão fez Joana rolar de susto uns centímetros para trás, o tanto certo para a roda cair no espaço vazio do taco. A cadeira dormiu torta e com a roda solta ao lado. Ela não tinha conseguido consertar e desistiu, mesmo não aguentando coisa torta ou faltando pedaço.

Antes gostava da cadeira e agora se irrita com ela. Dali controlava a vida que só adulto tem: as contas, o que entra dos bicos no vegano, o que veio da Vó Elma e que só pega se precisa, como o carro, também dela. Morreu de aflição por demorar a consertar, pôr a bateria nova, e agora toda sexta-feira cedo dava a partida para que não descarregasse.

O que mais garantia a sensação de controle ao sentar na cadeira era jogar o orçamento na planilha. Só assim um faquir sobrevive, e ela tem conseguido, mesmo nos meses em que termina no vermelho. A cadeira quebrada agora só atrapalha, Joana tem que tomar uma providência (outra palavra adulta).

Quer acabar a faculdade logo. Não sente falta da Graça e da Rê. Menos ainda do Du. Não precisa de companhia no ônibus e nem da zoeira deles em casa. Gente da idade dela não entende. Está todo mundo enrolado com a família, reclamando dos pais. Com ela é mais simples, que família? Sabe que é mentira, só prefere não pensar na Petra.

O sol entra pela veneziana, não dá mais para dormir. Não fosse o celular, teria sido a claridade. A veneziana projeta listras perfeitas. Perfeitas porque o inclinado é idêntico ao das costas da cadeira caída. São paralelas. Ponto para mim, pensa, por flagrar o instante da coincidência. Vai ser um dia bom, talvez o sinal para responder as mensagens de Petra. Nunca abre as mensagens dela, prefere fugir de A Conversa, a que vai resolver o climão. Essa nova é um áudio. Áudio, então, não escuta.

A cadeira e a luz já se desalinharam, e ela volta a pensar na palavra capenga, que é como se sente, capenga como um osso torto. Ou como um banco sem perna, ou o dente da frente que faltava quando tinha seis anos. A lista é um jogo; de jeito nenhum é autopiedade, que isso é coisa de gente fraca. Continua: meia furada, a pulseira perdida no cinema.

Abre a janela e volta para a cama. Quantas metáforas de falta pode contar? Têm a ver com Petra. Para onde tinha ido a mulher que contava histórias quando era pequena, que procurava amora pelo bairro, que fazia rabanada de manhã? Talvez o eu de agora sinta falta dela, o eu que cuida do apê e atualiza a planilha de gastos. Talvez Petra já possa ser melhor (depois do desastre que foi como mãe de adolescente). O café na Vila pode ser boa ideia, vai ligar mais tarde.

O telefone volta a tocar, e Joana ainda não atende.

No encontro a mãe vai pedir um latte e soprar um pouquinho, um sopro dos que não esfriam porque só pega espuma. Joana vai saber dizer com calma: cresci faltando pedaço, isso tem a ver com o jeito com que você me olhava, um olhar que talvez o meu pai compensasse. Pra mim faltou viver com a dupla de pai-e-mãe que vocês não foram, tipo pingue-pongue, vaivém, yin-yang.

A culpa também é dele. Mas como xingar uma pessoa que nunca está lá? Implorou a adolescência inteira que Petra passasse o contato, o e-mail, um telefone, e uma hora ela disse que tinha perdido a pista. Como? Tinha nome, estava no RG dela, tinha olhos castanhos e trabalhou no jornal (só que não o achou no arquivo do site, quem é que não existe online?).

O que constrói um pai na gente: o cheiro, a altura, a passada larga, a bronca, o barulho da folha de jornal virando na sua frente, e você tentando entender uma letra que não é bem um E. No dia seguinte você descobre que é o F, serve para fazer o som de faca, mas tem um O depois, esse você conhece, e em algum tempo você atina que no jornal está escrito FOLHA DE S. e que atrás do jornal folheado por alguém que não sai dali não tem um pai, tem a mãe.

Nunca tem o pai, quer dizer, tem, mas ele é sempre um recado da mãe, por meio dela, através, como se o pai estivesse preso numa caixa e só a Petra tivesse a chave. Ou como se ele não tivesse existido. Mas pai tem que existir, a ciência ainda não consegue (ou permite) que se clone alguém. A ovelha Dolly da primeira clonagem tinha nascido com as células já velhas. Pareço um clone da minha mãe. Que nojo.

Joana quer esfregar para fora as células maternas todas, como quando a gente tira a pele seca na esfoliação. Quando ficar barato, vai fazer o teste de DNA de caixinha para saber o que mais ela tem além da Petra. A Rê achou um ancestral italiano. E Joana? Se olha no espelho. Parece a Petra. E daí, o que é um nariz ou um gesto herdado? O queijo é da Vó Elma. Percebe: queixo tinha soado na cabeça como queijo, tem o queijo da Vó Elma, é fome. É vegana, ou quase: não passa sem queijo. Vai fazer o café.

A caminho da cozinha o telefone toca, e ela atende sem pensar. Escuta o homem, diz sinto muito em vez de bom dia.

Desculpe, a Sra. Petra sofreu um afogamento na enchente de ontem.

É um erro, tem que ser. Não sabe como, vem a lembrança do mochilão, quando perdeu o trem e as portas fecharam na cara dela.

Ela está bem?

A voz de Joana sai como se fosse de outra pessoa. Se arrepende ao dizer a palavra bem, como um amuleto, para que o estado de bem, de bom, passe para a mãe, que estaria boa e salva. *Bem* era a palavra de ordem, o grito de torcida, mas podia dar um baita de um azar. Não devia ter dito. Agora, só porque disse bem, Petra vai ficar mal.

Ela está bem?

Sobreviveu, mas o caso é grave, afogamento grau meia.

O fato: Petra está na UTI.

O homem fala demais, gente metida a empática é o fim. O que ele está escondendo?

Joana estava quase para tomar café com Petra, ia estender a mão, e agora isso. Certo, tinha sido uma enxurrada horrorosa. Mas, como em tantas outras vezes, a mão dela escapou. Uma mãe lisa, que escorrega. Petra é um peixe. Não. Não dá mais para pensar mal dela. UTI muda tudo. E, se a Petra fosse um peixe, não tinha se afogado.

O joelho falha, ela se desequilibra. O afogamento não é culpa de Petra. Pega qualquer blusa, pão puro, termina de pôr a roupa mastigando. O pão não passa. Não cabe dentro de Joana, e ela não cabe em lugar nenhum.

Petra podia morrer? Nos últimos anos não tinha pensado nisso, não assim. Era para estar sempre ali pra ela. A filha é Joana, e papel de mãe é estar disponível, esperando até que a filha estivesse pronta. E o pronta ia ser logo, em quinze minutos ou menos ia telefonar. Se soubesse, teria feito diferente?

Quer a mãe dela. Mais nada.

Sai para a porcaria do hospital para avisar o idiota do atendente que a afogada grau seis não é Petra. Erraram. Ao mesmo tempo pode muito bem ser ela: liga, mas o número só dá fora da área de serviço.

*

O ROSTO DE RITA JÁ NÃO existia direito embaixo do barro. Assim mesmo sentiu as tiras de pano na frente das órbitas, penduradas no queixo e na metade exposta do próprio corpo. Como tinha ido parar ali? Um dia tinha se apaixonado por Fernão e teve uma menininha que mal pôde pegar nos braços, não se lembra de ter dado de mamar, não deu tempo. Agora os restos dela se misturavam à maçaroca de ramos e flores caídas do ipê amarelo. Toda aquela folhagem morta tinha parado ali só por causa do esparramo de mais uma tempestade.

As águas baixaram um pouco, e Rita se viu meio desenterrada. Lembrou-se do susto, o prenúncio do parto com a água da dianteira caindo pelo meio das pernas, que mal enxergava por causa da barriga; de quando chamou por Fernão e ele não estava; de Balbina ajudando no parto, que não acabava; e da trama da mortalha.

O barro escorreu pela testa, quase não tinha mais pescoço para segurar o crucifixo de filigrana, herança da mãe.

Percebeu que a luz tinha se refeito, depois de desaparecer enquanto esteve enterrada. Por quanto tempo? O rio saiu do leito, pensou. Talvez voltasse a encher. O vento também havia voltado. Mais do que tudo, começou uma chuva de faca como a de quando morreu Fernão.

Fernão, que abraçava a cintura dela e continuou abraçando a barriga cada vez maior. Rita sabia muito bem onde estava, reconhecia a capela, o campo santo, o rio ao lado. Mas não percebia Fernão por nenhum dos sentidos. Pensando no momento em que se enterrou, tinha certeza: ele estava logo ao lado, na parte de lá do túmulo, uma terra um palmo mais alta, o suficiente para não ter alagado. Sabia de Fernão, mas não o sentia. Seria assim, morre-se, e os queridos de cá e de lá desaparecem? Sentiu saudades de se abraçarem. Mas ele continuava enterrado, e ela não. Não toda.

Anoiteceu, amanheceu e começou a cair uma chuva fina, das que não param, chuva daquele jeito trazia desgraça, pensou, ainda mais quando ouviu o tropel. Uns homens apearam gritando, e ela quis proteger a recém-nascida. Devia estar encostada nela. Onde? Percebeu o embrulho semidesfeito, devia ser a filha, e aí o horror, não era. Em lugar da criança deu com uma carcaça de galinha. Não fazia sentido, até que se lembrou da degola, de arrancar-lhe as penas, tinha de ser a mesma galinha. Mas, se era a galinha, onde estava a menina?

Quando tinha acabado de morrer, o pesar fora imenso ao perceber que Balbina abriu a mortalha e encaixou o embrulho com o bebê ao lado da cintura, não tinha vingado. Mas no instante seguinte veio uma alegria maior, iria para o túmulo com a filha, a família reunida, ela, a bebê e Fernão, não importavam os sacolejos do esquife que os amigos carregavam até o campo santo. Mas, assim que foram enterrados, não sentiu mais ninguém ao lado dela.

Então a menina não estava lá, não era ela, nunca tinha estado, aquela era a carcaça de uma galinha. Inquietou-se. Continuou se afligindo até que percebeu: se não era a filha no cemitério, a menina podia estar viva.

Agora quem transbordava era ela, não o rio, e em seguida se desconcertou, tinha se desacostumado daquelas emoções tanto tempo enterradas, vinham e mudavam, como agora, que passou a sentir medo, um dos homens veio direto para ela e se abaixou. Ele esticou a mão até o crucifixo, pegou pela ponta, virou de um lado e de outro e disse Rita. Não é que tenha falado lamentando, aquela voz não tinha nada de triste. Falou com raiva, como se não a perdoasse nunca.

Pai?

Era ele, agora com o cabelo todo branco. Tinha envelhecido mas continuava rijo.

* * *

Brontes pegou a cruz da garganta de Rita e puxou tão forte que a correntinha rompeu. Rita se desconjuntou nos ossos. Ele levantou, pôs o crucifixo na algibeira, olhou para os lados e quase foi embora, mas mudou o rumo: voltou para lastimar a neta, a única, a que não tinha vingado. Descendência nenhuma, pelo menos da legítima, ainda mais macho nenhum, que destino pior um homem pode ter.

Brontes se abaixou, a neta, o anjinho, quantas vezes naqueles anos tinha pensado em se casar de novo, começar outra descendência, mas as noivas apareciam sempre mestiças, filhas de mães da-terra, não tinha como aceitar a mistura no próprio sangue, que raparigas dos Brasis eram só para diversão. Brontes não faria como os outros, a desposar umas ignorantes dos modos e da língua do Reino. Tentou, ainda, mandar vir uma noiva, mas as candidatas não aceitaram o exílio para se casar com um velho. Foi aconselhado a buscar mais baixo, talvez alguém com mais idade, bastarda ou até uma da-vida regenerada? Aí, nunca.

Aproximou-se. Encostou na neta, meio embrulhada, e não chegou a abrir todos os panos. O tecido de algodão desmanchou. Esperava um pequeno crânio, quem sabe o esqueleto do corpinho quase inteiro. No lugar, o resto da carcaça de galinha meio coberta com cera.

O embuste. Soltou um urro e varejou o embrulho na direção da parede da capela. Os panos se abriram em tiras, os ossinhos terminaram espalhados pelo chão, a menina tinha vingado, filho duma cadela. Deve estar por aí, grandota. Isso é coisa do amigo mentiroso de Fernão e da parteira. Mas no meio da raiva se deu conta: era avô. O vinco da testa se soltou um pouco, talvez a linhagem não acabasse com ele.

Imaginou a menina, poderia ter o rosto delicado de Rita, as mãos, e virou a cara para fugir de olhar a pobrezinha ali desfeita, à frente dele. Melhor pensar na rapariga que brincou de bonecas até tarde, gostava de ver a filha entretida com elas, imaginando a mãe que seria. Ainda teria em casa a arca das roupas da filha, de antes de ela, sem aviso, largar os brinquedos e fugir? Talvez tivessem sobrado as rendas, os vestidos. Teriam vencido a umidade daquelas terras? Não importava. Mandaria vir um enxoval do Reino.

A criança pertencia a ele, devia ser moça, ou quase, e precisava cuidar dela, terminar de criar do jeito certo. Por onde andaria, só podia estar com a parteira. Crescer com aquela bruxa mais o amigo de Fernão não poderia ser destino para alguém do sangue dele, aprendendo as coisas todas erradas, os feitiços da-terra, as crendices do gentio, o pecado.

Havia muito não trocava notícias com os irmãos em Portugal, pensar nisso o aliviou. Não precisaria explicar nem passar vergonha. Já não bastou a fuga de Rita, prenha de um ninguém? Pelo menos era reinol. Os irmãos tinham a situação invejável de não ter precisado vir para este mundo. O mais velho, então, com as terras e a fidalguia; o segundo não ficou mal, metido em negócios de guerra e de governo; o outro pelo jeito já seria até bispo. Fora as irmãs, bem-casadas, só duas no convento. Mas a um filho último, varão como ele, o que sobraria? Um mundo novo daqueles, onde tudo parecia fora de lugar.

E agora voltava o ânimo do qual Brontes já tinha se esquecido, mesmo tendo visto Rita só couro e osso e com fiozinhos repugnantes de cabelo no crânio. O engodo da galinha enterrada era a promessa de que encontraria a neta em algum lugar, e não deveria ser longe.

Até aquele momento Brontes achava que tinha cumprido a maior parte do que lhe fora destinado. Já tinha reduzido as ambições fazia tempo, havia amealhado o suficiente. Já não ia ao sertão, não preava índios, só criava cavalos e muares para que outros viajassem, e tinha os bois. Pela primeira vez pôde dizer a si mesmo que era tempo de aproveitar o que lhe restava: comer um bom assado, cavalgar, beber o seu Porto, servir-se das meninas da terra.

Vinha lamentando não ter herdeiros legítimos para o suceder, passar adiante a fazenda por ele mesmo formada, desde a terra virgem até a criação e a plantação. Agora, se tivesse mesmo uma neta viva, até isso se resolveria. Poderia casar-se logo e dar-lhe ao menos um bisneto varão. Brontes ainda era forte, o moldaria. Conseguiria vê-lo tornar-se homem. Os irmãos do Reino nada receberiam, o que seria mais um benefício dessa herdeira. Que se danassem, não precisaria mais dos planos que urdiu quando achou que não teria descendentes. Faria o que desse para que os irmãos ficassem sem uma pataca, metidos a honrados, com a velha fidalguia de que ainda se beneficiavam, e que o viam como selvagem, igual aos que aqui chegavam e logo tomavam o modo dos bugres.

Antes de montar, mandou que o capataz pegasse uma pá e cobrisse Rita de terra. Depois assenta umas pedras por cima, disse. Para garantir.

As pás de terra foram a última coisa que Rita percebeu. Não chegou a sentir as pedras.

*

JOANA NÃO SE ENTENDE, como se cada letra do seu nome tivesse se desprendido. Não só o nome, é ela quem se desagregou e em qualquer escala. É ao mesmo tempo a molécula abandonada pelos átomos e a galáxia desintegrada. Olha a sala de espera, é como qualquer outra. Só que atrás da porta dupla tem a UTI. Dentro da UTI está a mãe dela. Dentro da mãe não existe consciência, ou talvez exista.

Petra está? Petra não se encontra. *Fulano não se encontra* é uma fórmula horrível.

Vai para o nicho dos assentos, um espaço apertado entre quinas. Esbarra na primeira. As cadeiras são grudadas umas nas outras. Joana sente que, dela mesma, sobrou só a garganta, que dói igual a quando descobriu aquele tipo de cadeira na antessala do pediatra. Ainda acha que cadeiras assim parecem um trem em que a gente viaja de lado. Naquele dia a mãe começou a ler para ela a história de uma vaca que voava.

O único homem que encontra atrapalha o caminho. Está na cadeira do meio, é comprido e se curva sobre o celular. Ela passa tentando não encostar nos joelhos dele e escuta:

Joana?

Quem seria, ela acaba respondendo um *sim* que soa como pergunta. Só aí percebe a roupa manchada de lama seca, deve ter passado a noite, vindo do alagamento.

Ele diz o nome, ela não guarda. De pé fica maior do que parecia. Ia ver a sua mãe quando veio a tempestade e ela sofreu o acidente, diz. A palavra acidente a incomoda, parece errada.

Como ela está?

Só falaram que teve sorte.

O homem é tão alto que Joana tem que inclinar o pescoço para trás para conversar. Acima da cabeça dele tem a lâmpada fluorescente. A cara não aparece direito na contraluz.

Com tanta chuva, ele continua, os bombeiros já tinham sido chamados. Quase ninguém cai numa galeria no meio da enxurrada e sai vivo. Falaram do resgate de um rapaz na USP e de uma mulher na Flórida.

Joana não tem o que dizer. Escolhe a cadeira do canto, e ele volta a se sentar. É desconfortável estar com alguém que pode saber coisas da mãe que ela não sabe. Respira curto como no elevador cheio, para se isolar. Que tipo de relação teria com a mãe dela? Não se parece com os caras que a Petra escolhia, é sério demais. A mãe preferia gente inacabada, tirando o pai dela, ou os pais, que pareciam profissionais. Corrigindo, esse aí seria alguém com quem a Petra teria filhos, se bem que já tinha passado da idade. Poderia ser o cara dela? Parecem da mesma geração.

O homem conta que é engenheiro e trabalha com os rios subterrâneos da cidade. Ela estava para me encontrar, diz, íamos visitar as galerias do Verde, o tempo virou. Eu tinha deixado o carro no ponto de encontro, na parte alta da praça. Estava adiantado e fui esperar na padaria. A tempestade me pegou lá. Tentei avisar sua mãe para cancelar, mas a ligação não completava.

Joana não quer saber. Mas também quer muito.

Pensei que a Petra tinha desistido da visita, ele continua, e ouvi o estrondo. Corri até lá e vi o Fox meio embicado, já com água acima da janela da frente. Não tinha ninguém no volante, e torci para que não fosse o carro dela, mas tinha a placa FOX, que ela achava meio boba. Olhei em volta. Vi gente pelas calçadas, acima do alagamento. Mesmo com a chuva forte, cada um parecia vigiar o seu carro de longe.

Ela não. Podia estar na água. Fui para a beira do alagamento e tentei ver uma cabeça, os braços, mas o rio tinha gerado um ralo. A palavra ralo endurece os músculos de Joana.

Petra se afogou. A frase tinha sido só uma frase, dura mas nada palpável, até que o engenheiro constrói a ideia concreta demais do afogamento. Joana agora enxerga Petra, o rio, o buraco, o que seria debater-se. Se levanta. Precisa sair dali.

O engenheiro também fica em pé. Fala mais baixo, como se fosse contar de uma premonição: outro dia mesmo comentei para a sua mãe sobre a dinâmica da água nos processos erosivos, de como a água solapa o terreno. A Petra me interrompeu dizendo que os indígenas sabiam fazia tempo, tinham até nome para isso, e você sabe qual é? Ele parou, esperando a resposta.

A mãe tinha mania de dizer o nome tupi das coisas. Mesmo irritada pela pergunta, ela procura as palavras. Nenhuma serve.

É soroca.

O jeito que ele falou soroca, todo animado, como quem descobre uma coisa e grita eureca. Soroca ainda por cima soa meio nojento, o que o homem tinha com a mãe dela? O engenheiro não nota como ela se incomoda, e agora explica como um professor: soroca é quando a água vai minando a terra, ocorre um solapamento, e o solo cede.

Só então fica quieto. Deve ter percebido que sem o encontro deles Petra não teria se afogado. Joana começa a se virar para a saída e escuta, sua mãe é formidável.

Formidável é outra palavra que cai mal. Joana não quer ninguém chamando Petra de coisa nenhuma, mesmo que seja para elogiar, ainda mais porque existe tanto da mãe que ela não sabe depois de três anos. Ao mesmo tempo, podia pedir: fala mais da minha mãe. Mas fica quieta. É ele quem se despede e diz que vai voltar. Ela não precisa mais deixar a sala.

* * *

Joana aposta que Petra não tinha largado do pé do engenheiro até conseguir inspecionar as galerias do rio. Fazer tocaia era bem coisa da mãe dela. Queria ver de perto, talvez andar na sujeira, com os ratos e sabe-se lá com que doença. Como acreditar que, de todo mundo que passou por ali na tempestade, ela, justo ela e não outra, teria caído no buraco, na cratera, na cova, na soroca? Talvez, se o engenheiro não tivesse falado da água que mina a terra, Petra não teria dito soroca e nem caído em uma. Os indígenas não conheciam o asfalto, então asfalto não podia ter nome tupi. Mas o que tinha engolido a mãe dela era uma soroca e das grandes. Sorocabuçu.

*

IACY LAMBEU A BORDA da cumbuca. Balbina tirou a mesa, e os meninos foram cada um para um lado. Só então Rubem segredou: deu enchente, e Rita apareceu, Deus a tenha. Da tua burla sobraram os panos e uns ossinhos. O Brontes sabe que foi enganado. Não veio para esses lados, ninguém da parte dele?

Ninguém, ainda.

Rubem saiu para a roça e deixou Balbina com a má notícia. Tantos anos sossegada, no começo tinha sido difícil, sem descanso, atenta ao momento em que Brontes descobriria, mas depois a vida seguiu, Iacy crescia, Balbina continuou com os partos, os doentes e os queijos. Agora Brontes tinha descoberto. Não era para fazer vestido nenhum, o avô haveria de procurá-la como mulher. Por outro lado, quanto tempo até que ficasse difícil disfarçar que não era menino? O certo seria se esconder.

Por enquanto ele talvez continuasse enganado pela única vez em que tinha vindo ao sítio, chamando Balbina. Uma rapariga da-terra estava para dar à luz um bastardo dele, o nascimento ia mal. À saída, antes de o sol nascer, passaram por Quiririm e Iacy, que voltavam da caça com uma paca. Tinha certeza: Brontes só tinha visto dois meninos e a paca morta, com as fieiras de pintinhas brancas no pelo.

Olhou para Iacy, de novo na goiabeira. Os cabelos riscados no meio e o corte desacertado pelas orelhas. Uma camisa grande, cor de sebo, metade para dentro, outra para fora das calças pula-brejo. A cara, os pés e as mãos imundos. Não conseguia conciliar a rapariga com o menino esperto, habilidoso. Como sabia correr: não tinha toco, pedrisco ou lama para o cascão daqueles pés espalmados. Não que as meninas andassem de sapatos, mas tinha uma diferença. Pezinhos mais estreitos e pouco usados, não os dedos come-lama de Iacy. Era ignorante de qualquer ofício feminino. Balbina tinha feito questão: só caça, pesca, roçar e rachar lenha, daí a mão calejada e o pé de menino. Era como se não soubesse que era possível ser de outro jeito. Iacy pôde ser o que era, o que quisesse. Correu livre, sem o peso do corpo, que as mulheres como Balbina têm de carregar.

* * *

Iacy viu o aceno de Rubem. Vinha da roça com um saco de milho e um cacho de banana. Despedia-se de Balbina. Ele se afastou pela trilha. Um homem. Quiririm também. Que mundo errado esse de existir mulher. Pior era se descobrir uma, sem contar o asco de sangrar com a lua. Tinha crescido sabendo da mulher e do pecado, de Eva, a mulher-costela-pedaço-de-um-homem-que-o-tenta-e-acaba-fazendo-ele-ser-expulso-do-Paraíso. Credo, a amiga da cobra. E agora ela era daquele tipo de gente? Não. Iacy era só Iacy. Mesmo mais novo, era melhor do que Quiririm no bodoque, na caça, em muita coisa.

Sabia, era uma menina. Uma menina secreta porque não dava para contrariar a madrinha. Mas mulher era outra coisa. Não tinha como ser mulher. E Balbina, com suas curas e o lábio fino, também não parecia mulher, não aquelas de quem falavam, pessoas piores do que qualquer homem, só de agulha-e-linha e filhos e roças e fogões.

Mesmo mulheres como a que viu em Pinheiros depois de mais uma enchente que carregou a ponte. As margens coalhadas de pessoas esperando para atravessar: faziam a festa dos canoeiros, cobravam o triplo. A rapariga usava um vestido verde, como se o barro do Jeribatiba não existisse. Era uma prometida recém-chegada do Reino, ouviu de Quiririm. Esperava para conhecer o noivo, filho de um grande dono de terras. Quando chegasse, iam cruzar o rio de canoa. Iacy deu um jeito de se livrar do amigo para observar a moça em paz.

A noiva ignorava a aia e um ajudante que dava ordens a dois da-terra sobre a bagagem. Se abanava depressa, talvez com contrariedade. Iacy não conseguiu deixar de olhar, tão refinada, na terra muito mais quente que o Reino. Devia achar todos toscos, onde é que tinha vindo parar, que o noivo ao menos fosse gentil e bem-apessoado. Dava uns dez abanos rápidos, abria e fechava o leque, e voltava a se abanar, como se o leque fosse a única coisa certa na vida, depois de ter deixado Lisboa ou o lugar onde morava.

Aquilo devia ser um leque de marfim como o que Balbina descrevia para distrair as raparigas das dores do parto. Quando se desesperavam, a madrinha falava sem parar no leque cheio de recortes. Tinha sido a única peça do gênero na loja do pai dela, e todos foram admirar antes que fosse despachada para uma fazenda em Santana do Parnaíba. Talvez a prometida fosse para lá. Iacy chegou pelas costas da moça, até ouvir o barulhinho das lâminas, o marfim fechando contra a mão, as varetas chegando quase juntas, mas não exatamente, como um tamborilar levinho. Como seria ter um leque?

Não entendia como o vestido verde de bainha dourada não se enchia de barro. As botinhas brancas, sim, todas de lama. Viu fascinada a cintura fina impossível, a saia como uma cuia de ponta-cabeça. O peito era um triângulo de lacinhos cada vez menores, terminavam em bico na parte baixa da barriga. Se Balbina tivesse visto aquilo, diria que apontavam o caminho do diabo. Iacy não pôde deixar de olhar. Não soube se Iacy, o menino, queria namorá-la ou se Iacy, a menina, queria ser ela.

Nunca ia ser uma daquelas mulheres que obedecem ao marido, ou que se engraçam e, principalmente, que tentam homens e se perdem. O horror da palavra mulher despencou nela que, sem motivo, se lembrou do galho seco que matou um porco fugido. Quiririm e ela tinham ido buscar mudas de erva-de-sapo. Na trilha, o porco já fedia, e a pele parecia se mexer, infestada de larvas e formigas. Passaram reto, não tinha nada lá para eles, mas a visão voltou de noite: as carnes roxas, as orelhas carcomidas. Fora o zunido das moscas e a catinga, dizendo: vai-te, aqui nada presta.

Um dia Quiririm disse: mulher não presta. Vinha da olaria de Pinheiros, de onde trouxe um jarro e cumbucas. Ele tinha visto a Alba-puta. Falou com desdém, mas com um ar feliz que irritou Iacy. Teve raiva de ouvir da mulher com braços de serpente que enrolou Quiririm de susto enquanto passava pela porta dela, de lamparina sempre acesa.

E você, o que fez? Esperava que dissesse que empurrou a moça para longe, mas não. Quiririm ficou quieto, com um meio sorriso, como se dissesse que falar seria o mesmo que pedir que Balbina o matasse. Iacy o empurrou no peito e foi embora.

Depois Quiririm mudou, ela era a caça, como se estivesse para retesar o arco e disparar a flecha. Iacy queria desviar o rosto, jogar uma pedra no rio, ou melhor, acertar logo a cabeça dele. E também só queria se aconchegar. Se pudesse, encostaria no ombro de Quiririm e diria Saulo, que Quiririm não é alcunha que apaixone ninguém. Foi o que deu vontade quando foram à nascente beber água fresca. Mas não fez. Ficaram na pedra e com os pés no olho d'água, quietos. Logo ele, tão falante.

* * *

Rubem saiu contra o céu fechado. Talvez as nuvens tivessem passado o mau humor para Balbina, que gritou para

Iacy que descesse dali, já para casa. Balbina podia ser seca, mas não costumava soar assim tão bruta. Trovoava.

Montaram munição de boca até a noite, com as farinhas na palha de banana. E Iacy: que é isso, vamos viajar? E Balbina, quieta, criança, embrulha e não pergunta. Parecia crispada. Com a tempestade, passaram a se esbarrar dentro de casa e na frente do fogão, no alpendre, e Iacy teve de lavar os paninhos ali mesmo, com água e sabão, até tirar as manchas de sangue, e secar no fogo. Aquela vergonha toda na frente do Quiririm, que olhava com um sorriso besta como se ela no fundo fosse fraca e que não adiantava ser melhor do que ele em tantas coisas, agora valia menos.

Iacy quis se esconder na alcova, Balbina a enxotou, também queria sossego. Quiririm estava ainda mais barulhento, talvez tivesse pegado a aflição da madrinha. Não parava de cantar, fazia barulho com a boca, batia nas coisas. Puxou conversa de cobra, de sapo, do Caipora, e esbarrava na Iacy com os cotovelos. Quanto mais ela se imaginava junto dele, como um casal, mais dava raiva. Pior: a barriga latejava. A madrinha disse é cólica, deu um chá e mandou que se deitasse. Só assim a deixaram só.

Na manhã seguinte Iacy saiu da alcova melhor. Tinha tanto pacote ensacado que não via uma boa parte do chão. Balbina e Quiririm já começavam a guardar a munição em bolsas e sacolas, para a viagem. A palha lembrou o cabelo das bonecas dela, a primeira, só um toco com um trapo, a terceira já com cabelo de milho. Balbina proibia que brincasse com elas. Cada boneca que aparecia era jogada no fogo pela madrinha. Iacy foi provocar, por que a senhora queimou as minhas bonecas, como as bruxas?

Sem aviso, Balbina estalou um tabefe na cara dela, que não era hora de bobagem, importava continuar a guardar a munição de boca. A surpresa do estalo, a dor ardida, a vergonha de apanhar na frente do Quiririm, a raiva da madrinha, Iacy nunca tinha apanhado na cara. Quando era pequena e desobedecia, a madrinha deitava ela no colo, abaixava as calças e sentava a mão. Mas não com toda a força, a dor passava na hora, ao contrário dessa, na cara. Iacy saiu muda pela porta, pelo barro e no resto de chuva. Naquela casa não pisava nunca mais.

Ninguém foi atrás, Iacy era assim. Virava o tempo, e ela sumia. Mas voltava.

*

PETRA NÃO SE PERCEBE DIREITO. Sente a descoincidência entre ela-ela e o corpo. O homem diz: entre a vida e a morte. Escuta a palavra acesso enquanto sente tapinhas no braço e uma picada. Não dói.

Como tinha ido parar ali? Está embaixo do lençol. Sente e não sente as coisas. Um dia saiu de casa de ré, choveu, e o carro caiu no buraco. Está deitada e não consegue conciliar aquele lugar à gritaria dos socorristas. É uma sala refrigerada. Faz silêncio, ou quase, porque o bipe não para, e o ar infla o seu pulmão a intervalos regulares. Se dá conta, aflita: tem um tubo na garganta. Vai se afogar, é o que parece, mas apaga.

* * *

Passou tempo? Petra não está acordada. Não deve estar. Parece existir uma fresta de luz à frente. Lá fora deve ser por ali. Quer um gramado. Pode ser que esteja morta, ou quem sabe a morte chegue aos poucos, cortando uma fibra de vida por vez. Estranha como a ideia de morrer não vem junto com a emoção que despertava nela antes, é só um fato.

Mentira. Todas as sensações que acompanham a presença e a ausência de Joana batem nela como uma enxurrada. Sente a aflição de não estarem juntas e a vontade do morno da mãozinha da filha, ou da mão adulta, ou que possa ouvir a voz dela só mais um pouco.

Escuta o homem perguntar pronta?, e a luz explode de vez. É fluorescente e pisca. Quando a luz piscava nas reuniões de pauta, Petra arrumava um jeito de sair da sala, dava enjoo. Joana era até pior. Teve de ser buscada cedo da festa por causa da estroboscópica.

Tem um rosto sobre ela. Só percebe os cabelos compridos. A moça pega a ponta do lençol. Tira da mão do enfermeiro, mas não com um gesto brusco. É como se o lençol fosse dela, ou que segurá-lo fosse sua atribuição. A mão fica no ar, e o lençol parece uma vela gorda, mas esvaziada de vento. Aí a moça a puxa: descobre o pescoço de Petra, os peitos, a barriga e até os pés.

Não faça isso. Petra está pelada, tem vergonha, vai sentir frio, não tem frio. A moça muda só um pouco de posição, o suficiente para que apareça o rosto. O que são aqueles olhos castanhos olhando para ela sem roupa, fazendo força para esconder qualquer coisa, não chorando, mas derretidos, as sobrancelhas e a boca pendendo juntas.

Todas as águas por onde Petra tinha passado desembocam em Joana. A vista daquele rosto. Tinha deixado o cabelo crescer. Saiu de casa uma menina de cabelinho curto, é uma mulher.

A luz pisca atrás da cabeça de Joana. Uma moça irreal. A filha dela veio visitar. Joana. Quantas vezes volta a pensar no nome, Joana, minha filha você está bem? Petra não fala, não está acordada. O que é perceber uma filha e não poder dizer falar tocar abraçar beijar botar logo no colo.

*

O TABEFE AINDA ARDIA na cara de Iacy. Balbina só tinha ficado brava daquele jeito quando era criança e a madrinha gritou o que é isso, tira a mão daí, que vício medonho. Fez o sinal da cruz. É que tinha um lugar no corpo que era pecado.

Iacy tinha sondado Quiririm se fazia parecido, mas daquilo não se falava. Devia ser medo de Balbina. Iacy tinha espiado ele mais de mil vezes: mijava de pé, não era como ela. Era um macho como o bode, o porco e o cachorro, mas Iacy não tinha visto Quiririm no que Balbina chamava de vício, e talvez fosse daquele tipo de coisa que a madrinha falava quando disse que era agora uma rapariga feita e tinha que se proteger dos homens. Isso, além de lavar toalhinhas que se manchavam e de ter de deixar para quarar no sol, que quando mais precisava tinha resolvido se esconder nas nuvens.

Tinha saído com a ideia de sumir de Balbina, mas não só dela. De Quiririm também, não merecia que se pensasse nele como marido. Ela podia muito bem morar escondida na gruta que tinha descoberto no mato, num dos dias em que Quiririm foi a Pinheiros. Tinha saído carregando uma cesta com milho, e, quando era assim, Iacy não suportava a cara dele de bobo na volta. Devia ter passado pela Alba-meretriz. Como não tinha dinheiro, surrupiava da roça para dar a ela. Balbina devia perceber, não proibia. Iacy a ouviu dizer que homem nessas coisas é melhor bem satisfeito.

Talvez não precisasse se proteger de Quiririm, pelo contrário. Pensava nele quando brincava com o próprio corpo, escondida na lapa do mato. Voltava com o passo rápido e a cara séria por todo o caminho, mas de vez em quando um sorriso entregava: tinha feito o que não devia, e tinha sido com ele, mesmo que fosse só história da cabeça dela. Iacy passou a aproveitar cada vez que Balbina o mandava para longe. Se fosse ver a moça em Pinheiros, que ao menos ela, Iacy, também brincasse. Se esgueirava com cuidado para não acordar os morceguinhos e sentia-se em casa com o cheiro da terra úmida da gruta. Pensava nas pernas compridas do Quiririm e no jeito como prendia o cabelo atrás da orelha. Será que gente fazia como as cabras e os porcos? Se fosse assim, e não como os galos, que bicavam as galinhas de depenar, queria experimentar com ele.

Iacy tinha voltado a um sonho de quando brincava de boneca, ela e Quiririm na casa deles no meio da roça, e os doze filhos que teriam, ou onze. Não, pensando melhor, sete. Agora já tinha escutado os piores dos partos. Balbina mandava ficar do lado de fora, mas Iacy ouvia gritos medonhos quando a cria demorava demais a sair. Sete seriam o suficiente, ou cinco. Mas Quiririm e ela, juntos. Por que não?

E as mãos dela não tinham vergonha, eram a maçã ou quem sabe a serpente de Adão e Eva. E trabalharam tanto na gruta nos últimos meses que Iacy começou a achar graça na história da expulsão do Paraíso, já nem soava tão ruim. Chega, já era blasfêmia. Bateu com uma pedra na unha do mindinho. Uma única pancada. Ficou roxa, e os olhos encheram de água. Tinha merecido a penitência, mas não o tapa da madrinha, que agora parava de doer, e Iacy desejou que doesse para sempre, não era para esquecer.

* * *

Já tinha cruzado metade da roça. Deu vontade de morrer. Estava na parte do milho entre a mandioca e as canas. A chuva ia parar. Se morresse, depois de uma doença comprida e dos chás de Balbina não adiantarem, aí sim, eles iam ver. Quiririm ia escutar o último suspiro dela. Iria carregar o corpo mole, acabado, a cabeça caída, os braços e as pernas também.

Põe aqui na mesa, Balbina ia mandar. Teriam de deitar ela de través para caber esticada, poriam quatro velas das boas, o padrinho ia largar a ponte em Pinheiros sem conserto, só para vê-la. Teria um enterro de rainha, carregada em cima da mesa na subida e na descida até o campo santo perto do Morcego. Seria enterrada ao lado dos pais. A madrinha e o Quiririm se escorando um no outro, Cipó sem ânimo para latir. Aí sim, seria levada a sério. Sentiriam falta, era bem-feito que sentissem.

Foi pensando e andando na direção do mato, se desaparecesse, melhor, a besta do Quiririm só queria saber da puta. Terminou de cruzar a roça, chegou no campo aberto antes do capão e da trilha para a gruta. Foi seguindo. Quando chegasse no mato poderia ser comida por uma onça ou picada por jararaca e, ainda no descampado, até por cascavel. Devia de ter cascavel lá, pensou que ouviu o chocalho da boicininga.

Pegou um pedaço de pau, melhor não morrer de picada. Diz que picada de cascavel nem dói, mas não sabia de ninguém que tinha saído vivo. Ia fazer como Quiririm: outro dia flagrou a cascavel dormindo sobre si mesma, como uma rosca, e matou a cobra de uma paulada só. Começaram três ou quatro filhotes a rastejar pelo chão. Saíram outros da barriga da mãe, tem cobra que é assim. Quiririm sacudiu a defunta e apareceram outros, onze, vivos e perfeitos, fora dois que não vingaram. Se Iacy morresse, não teria filhos. Morrer, não. Melhor sumir. Seguiu pela trilha.

Passou pela gruta, não era hora de brincar. Que desaparecessem todos. Achou um pé de araçá carregado e no ponto, pegou uns frutos, seguiu comendo. Continuou a andar, cuidando para não espetar os pés, e no começo não percebeu a mata adensar, a trilha mais estreita. Foi pela crista do espigão rumo ao poente. Não conhecia por ali. Costumava ir para os outros lados do Caaguaçu, sempre com Quiririm ou Balbina. Era mais comum seguir o curso do Obý, baixando na direção do Morcego e, de lá, até a aldeia de Pinheiros. Também podia tomar o rumo contrário, descer para o vale do córrego das Pacas. Foi poucas vezes para o lado em que o sol nascia, até o caminho que ligava Piratininga a Pinheiros. Descer a outra perna do rio, a madrinha proibia.

Seguiu batendo o mato com um pau e se esquivando das colônias imensas de aranhas fio-de-ouro. Andou tanto que a mata terminou. Iacy não esperava: havia chegado a uma ponta escarpada, uma rocha larga na beira do morro, o fim do caminho.

Olhou o vale abaixo. Reconheceu o Jeribatiba vindo da esquerda para serpentear até um rio maior. Devia ser o rio em que Rubem ia para o sertão. Os dois esparramados nas poças, o areão, os campos, as ilhas de capão, as matas que iam longe e um pedaço de chuva no horizonte. Avistou o morro do Jaraguá com as corcovas, verde-escuro contra o sol da tarde. Era para lá que Rubem ia quando fosse o caso de viagem curta, em meio dia se chegava. Se tinha sorte, voltava com algum ouro. As pepitas, muito pequenas, às vezes grãos como os de areia, reluziam na mão dele, posso ficar com uma?, não podia, e ele fechava o punho depressa, que aquilo não era coisa de criança.

Um dia Iacy seria grande, e ninguém ia mandar nela. Como Rubem e Balbina, que não pareciam ter dono. Ou desapareceria para sempre, iria aonde ninguém a alcançasse. Existiam ermitões, homens santos e estranhos. Se era para ser mulher, que fosse uma ermitona. Uma ermitã. Uma ermitoa. Tinha palavra para uma mulher assim?

*

A MÃE ALI, PELADA E VIVA. A imagem roxa da mãe, depois de tanto tempo. Para que tinha puxado o lençol? O rosto teria resolvido. Mas não, quis ver a Petra inteira, talvez para acreditar, talvez por saudade, ou pior, curiosidade mórbida. O peso só aparece no corredor de saída da UTI.

Parecia morta. As únicas coisas bizarras de vivas eram a barriga desproporcional, o triângulo dos pelos e o pé caído para dentro. Não viu uma coisa depois da outra. A imagem da Petra com hematomas e lanhados, inflando e desinflando, bateu nela de uma vez. Ninguém te prepara.

Quem vê Joana pelos corredores não adivinha. Só corre no último trecho, sai enjoada do prédio e vomita no canteiro do hospital. É como se tivesse tomado um soco no estômago, como no dia em que o idiota vem vindo, andando na Vila vazia de fim de festa e dá um soco na barriga dela, não em outras pessoas, não nas amigas ao lado. Ela perde o fôlego e vomita todas as latas do que tinha bebido. A tiara com anteninhas se solta e cai na poça de vômito. Era a manhã da quarta-feira de cinzas e hoje também parece ser. A mãe dela lembra uma alegoria esfarrapada.

Sente pena de Petra. O que aparece não é a palavra culpa, é um peso que vem de dentro. Senta no banco do jardim com nojo do vômito e, pior, do pezinho virado da mãe. É a visão dele que incomoda mais. Faz força para se endireitar.

A Petra pode morrer. Como tinha negado o fato básico de que mãe é gente? Petra é uma pessoa, e gente pode morrer; Sócrates é mortal, como na Filosofia do colégio. É óbvio: Petra sempre foi mortal, todo mundo é. Mas Joana não via a mãe como gente-gente. A Petra tinha um poder gigante. Se era assim, como podia ser gente e, portanto, frágil? Petra foi um trator, uma escavadeira, uma máquina de moldar filha.

A matéria do colégio volta como se uma parte dela tivesse ficado naquele tempo: *a cada ação corresponde uma reação de igual intensidade e no sentido oposto*. Verdade, ela se levanta, e no caso foi reação em legítima defesa. Saiu para sobreviver, só isso. Porque experimenta ser filha dela.

Credo, pensar mal da mãe, ainda mais hoje. Se pudesse, gritava. Mas nem isso dá, a garganta ficou pior depois do ácido do vômito. Pode ser culpa. Não. Não está culpada e não é culpada.

Mas e se Petra morre?

O vômito tinha respingado na blusa e molhou a ponta do cabelo. Joana se limpa com a mão e começa a voltar a pé para casa. Quantas vezes a mãe dela vinha até o banheiro quando passava mal, não para segurar o cabelo, que era curto, mas para chegar do lado, segurar a testa, vigiar que a roupa não molhasse. Não deixava que Joana abraçasse a privada e comentava, como se fosse uma explicação para a bebedeira: com tanto bar em volta, é o que dá a gente morar na beira da Vila Madalena.

Saudade até do enjoo, da privada branca de casa e da Petra ao lado.

Joana desce o morro. Vem atravessando as ruas sem prestar atenção. Não percebe que pegou o elevador e agora procura a chave na bolsa. É verão, e ela caminhou um bom pedaço, mas quando entra no apartamento sente as unhas geladas. Não pode ser, talvez seja um resto da sensação do hospital. Não é tanto que fazia frio na UTI. Tem o gelo de dentro da Joana, que pegou um coração que era para estar morno do café com Petra, a reconciliação, e tinha secado ele até trincar.

* * *

Joana escorre a salada e a lava bem para tirar todo o cheiro das gotas de cloro. Gira a centrífuga seca-folhas, uma das poucas coisas de plástico que tem, prefere potes de vidro, sacos de papel e caixotes reciclados. Esfrega os tomates-cereja em água corrente. Petra pode morrer, Joana começa a cortá-los em pequenos gomos. Pode morrer e sem que façam as pazes.

Tinha escutado que os tibetanos, seriam os hindus?, que no funeral eles deixavam o morto com a palma estendida para que os parentes derrubassem água de uma jarra. Faziam isso para esquecer as desavenças, não deixar o morto partir sem que antes os vivos acertassem as contas com ele. Fazei isso em memória de mim, lembrou-se da fala da missa da Vó Elma. Que assunto. Petra é uma baita de uma lutadora, está na cara que vai sair de mais essa. Mãe. É isso o que Joana diz, mas só em pensamento.

*

BRONTES SÓ TINHA UM LUGAR para ir, a casa da Balbina. Foi a pé, não queria que os cascos dos cavalos o anunciassem. Passou a nascente dos lados dele e foi pela trilha do espigão, seguido pelos seus dois melhores homens. Carregava o crucifixo de filigrana de Goa, presente dele à mulher, mãe de Rita, no dia do casamento. Aquele crucifixo não tinha saído do bolso desde que Rita desenterrou-se com a enchente.

Ainda no Reino, havia encontrado a pequena peça de prata nos fundos da loja de um homem de comércio, não longe do porto de Lisboa, no quarto escondido por uma cortina de veludo. Brontes o viu abrir, trêmulo, a caixa de ferro com ajuda de uma chave grossa. Não esqueceu a visão da caixa com uma desordem de objetos cintilantes. O pai lhe tinha dado dinheiro para presentear Francisca, a noiva. Era um agrado importante à família dela, mas ele aproveitou e escolheu também uma coisa para si. É que uma antiga adaga mogul despontava entre as preciosidades, pedindo para ser sua.

O cabo era uma cabeça de cavalo, decorado com rubis, esmeraldas e ágatas, as gemas engastadas em bordas finíssimas de ouro puro, em contraste com o verde do jade da peça toda. Um despropósito para um jovem como ele, mesmo de família fidalga. Era o noivo, justificaria o excesso ao pai. Afinal, merecia, e talvez isso não dissesse: tinha sido capaz de assegurar um casamento de fazer inveja aos irmãos, que duvidavam que ele fosse do agrado da rapariga e da família, em tudo superior a eles, na fidalguia e no acesso à corte, mesmo que a fortuna do pai de Brontes parecesse não ter fim.

Não sabia que as facilidades de fidalgo estavam para terminar. O crucifixo com um pequeno Cristo fora o último lance para agradar a família de Francisca. Casaram-se, e logo o pai morreu, deixando a família endividada. Foi-se parte da herdade, os irmãos mais velhos já estavam arrumados, e as irmãs solteiras foram parar no convento. A ele restou o Novo Mundo, pobre de Francisca, a vomitar pela nau, sem saber que depois do oceano esperava uma serra quase intransponível. A primeira vez em que a viu, admirou-se: tudo em Francisca era miúdo, o nariz, as mãos e os pés. Ao se casarem, não imaginou que teria de levá-la a cruzar meio mundo. Já aqui, temia que ao menor solavanco se partisse. Uma chávena delicada, serra acima, a chacoalhar-se no pires.

* * *

Brontes já tinha passado da base do espigão. O Caaguaçu era íngreme, mas nada que se comparasse ao caminho quase vertical de São Vicente a Piratininga, ele e Francisca na subida, casal novo e recém-chegado, com a nuvem de mosquitos do Inferno. Iam com as roupas empapadas, primeiro de suor, depois de tempestade e, em seguida, lama. Ao menos pôde proteger Francisca, alugou para ela dois negros-da-terra e uma rede para a subida. O caminho se tornava uma cascata na menor das chuvas.

A primeira vez que Brontes olhou para aquela serra tão perto do mar, a viu de baixo, da praia, e não pôde deixar de se arrepender de ter abandonado o Reino. Uma muralha, foi o que pensou, uma muralha que teve de escalar, grande parte, de gatinhas, puxando com as mãos raízes que às vezes se soltavam e faziam-no perder o equilíbrio. Chegou a se encomendar depois de agarrar um galho que se partiu. Agitou os braços até recuperar o prumo. Fez de tudo para não olhar para trás. A altura dava vertigens.

A rede de Francisca ia suspensa num pau longo. Balançava, sujeita aos aclives e tropeços dos carregadores. Ela quieta, Brontes só via o volume do corpo afundado, as mãos em crispação na borda da trama e a cabeça, que emergia de vez em quando. Francisca não soltou um ai, a não ser quando teve de lançar vômito de lá mesmo. Os olhares não se cruzaram nem durante as paradas precárias e vexaminosas, ela sem a aia, que morrera de febres no navio. Os vômitos de Francisca tinham começado assim que o corpo da aia foi lançado ao mar.

Aquele era o Paraíso que lhe apregoara o irmão, que, mesmo tendo destaque no Reino, não achou que deveria colocá-lo em algum posto sólido por lá mesmo, em Lisboa. Está certo que não se davam, e ele tinha crescido avançando nas coisas do irmão, a espada de madeira, as calças de veludo, os dados de marfim. Agora vinha o troco, fora de qualquer proporção.

Atingiu o cume decidido a achar a neta. Cruzou a crista do espigão, desceu um pouco pelo mato e avistou a casa de Balbina. O cachorro latiu. Brontes fez sinal para que os homens parassem, ainda distantes e entre as últimas árvores. De lá poderia observar sem ser visto. Passou um rapaz varapau com a lenha partida. Aparentava mais idade que a neta. Surgiu Balbina, disse-lhe qualquer coisa, seguiram para trás da casa. Brontes esperou por mais um tempo. Ninguém apareceu.

Lá moravam dois meninos, isso sabia. Passou-lhe o pensamento: ainda não vira o segundo naquela tarde, poderia ser o neto. Mas e a criança morta, não era menina? Talvez não, talvez se tratasse de mais um ardil. O amigo de Fernão lamentou uma morte inexistente e poderia muito bem ter dito que Brontes perdera a neta, só para despistar.

Considerava-se um perfeito juiz de caráter. Mas Rubem, o verme amigo de Fernão, o havia enganado, pelo menos quanto à morte da criança. Prova eram os restos de frango embalsamado sabe-se lá por que sortilégios daquela bruxa que era Balbina. Teria mentido sobre o sexo da cria? A certeza de ter uma neta se transformou em dúvida. Mais um pouco havia virado o oposto: na verdade tinha um neto. Imaginou o menino. Não passaria mais o final da vida sem herdeiros legítimos. Que mais um homem poderia querer antes de se encontrar com o Criador?

Podia não ser tão simples, talvez ele tivesse crescido sem saber quem era. Pois era o seu neto, neto varão, e tinha de tomar conhecimento disso. Arrancaria o moço de lá para analisar-lhe os traços, buscando um olhar de Rita, confirmando os dedos de um irmão e o queixo dele mesmo, Brontes. Mas era preciso cuidado com a reação do neto. Poderia fugir ou lutar, aquela mulher deve ter inventado histórias. Brontes tinha bons argumentos, a começar pela fazenda e pela fortuna. Com o tempo ele entenderia. Caso não, a força estaria lá, para garantir. Isso, caso fosse realmente legítimo. Não iria passar tudo para um caça-fortunas do vulgacho sem as devidas precauções.

*

JOANA SÓ QUER ALGUÉM EM CASA, ao lado dela. Passa pela cabeça chamar as amigas e não contar que a Petra está na UTI. Parece o fim, mas ela quer normalidade.

Ela e as meninas têm um tipo de pacto: ainda gostam de se telefonar. Joana liga primeiro para a Graça, que está com um cara novo, o Mário. Desliga depressa. A Rê está descendo a serra, vai para a praia. O sinal cai duas vezes antes que desista de falar com ela. Sobra o Du.

Joana aguenta mais duas horas e digita: E aí?

Mais um pouco e ele responde, e aí?

A minha mãe tá no hospital.

Prefere contar, pra garantir. Não vai aguentar se ele disser hoje não dá.

Como assim?!?

Sabe aquela chuva? Ela caiu na enxurrada. Quase morreu.

Ele manda uma figurinha, não dá pra entender, deve ser de susto.

Vou aí.

A relação já não é a mesma. Hoje é assimétrica, só quando ela quer. Os dois sabem dessa assimetria, e tudo bem.

O Du é duro, e o pai dele não. Chega com um gin japonês, latas de água tônica de nome estrangeiro e o kit com oito temperos, uma colher espiralada e a receita para o gin tônica perfeito. Ela não tem copo grande e de boca larga que permita melhor apreciar os aromas, como diz a caixa. Pelo menos tem bastante gelo. Pegam xícaras.

Não chegam a buscar o gelo na cozinha: tudo menos pensar em Petra. Na cama ela lembra porque o Du faz sentido. O fato de ele ser um crianção não importa.

Depois ele enrola um, e eles fumam. Então querem sanduíche de queijo e gin tônica. Acham que combina. Cada um vai testar uma receita, o kit diz não misture mais do que dois ingredientes. Eles ignoram.

O pão acaba, o queijo também, e eles já não sabem quantos gins prepararam e com quais ingredientes para que o outro adivinhasse. O Du brinca de tirar as coisas da mão dela, um jogo bobo, e a colher do kit acaba caindo atrás do fogão.

Joana se abaixa para tentar fisgar a colher com o garfo de macarrão e dá um berro. Tem um ninho de camundongos pelados remexendo os rabos. Um minhocário. A rata e a ninhada toda. Apê em São Paulo pode ter camundongo. Camundongo pode fazer ninho atrás do fogão.

O Du arrasta o fogão, pega a vassoura e bate, de prancha e de quina, sem parar. Joana só grita que não, não, para, para. Os camundongos estavam mamando.

Ele para e olha, orgulhoso, como quem diz, viu? Macho até. Ela não suporta os bichos esmagados, estavam mamando, mas ele diz: peraí, falta um filhote. Como ela grita não, ele não mata, e ela diz, deixa que eu cuido.

Tá louca?, é o tipo do bicho que dá doença. Vai adotar? Agora vai ter um ratinho de estimação? Ela traz um saco de lixo e entrega sem olhar. É para ele despejar aquela massa de pelo (da mãe) e carne estourada (dos irmãos). Coisa nojenta também dá pena.

Joana pega mais uma xícara e diz: põe o filhote vivo aqui. Agora é ele quem fala que nojo, e ela pensa, não tem nojo de trucidar a família. Precisa limpar essa sangueira, eu é que não chego perto (como se fosse culpa dele). Ele limpa, mas aponta com o queixo a xícara na mão dela, nunca mais vou beber aí.

Ela esguicha uma tonelada de produto multiuso, sem olhar. Depois faz o Du jogar o pano e os ratos no lixo lá de baixo. Ele sai levando o kit de gin. Termina acenando um tchau da calçada, enquanto dá uma de adulto:

Não deixa de chamar um cara pra desratizar esse apê.

Ela acomoda o filhote em cima de uma meia furada (dentro da xícara), marca a xícara com RATO, escrito com caneta permanente, e pinga umas gotas de leite de aveia na boca dele. O bicho é asqueroso, mas não dá pra não cuidar. Ela se lembra da vizinha de baixo. A avó dizia que ela não podia ouvir "coitado" e já dizia: Coitado é filho de rato, que nasce pelado.

Joana demora um pouco para dormir. Tenta separar as imagens da mãe dela afogada da história dos camundongos.

No dia seguinte o rato está morto, coitado. É um sinal sobre a Petra. Claro que não.

Vai para o banho. Acha bom o Du não ter dormido lá.

*

O CIPÓ LATIU. Nhá Balbina escutou a voz grave e teve um mau pressentimento. Nhô Brontes? Pelo menos não tinha vindo em bando.

Ela falou mais depressa do que de costume, se queria ervas, talvez alguma raiz, quem é que estava doente? Não é nada, Brontes cortou, e o pressentimento piorou quando ele amaciou a voz. Preciso de um moço dos seus para um serviço.

Desde quando um homem com tantos à volta precisaria dos seus meninos? Brontes entrou na casa dela sem convite. Que alívio, a munição de boca não estava à vista. Tinham ensacado e guardado na alcova.

Chamou Quiririm, vem cá, e o fez cumprimentar Brontes, que olhou e disse, esse não. É muito alto. É obra de esgueirar-se por passagens estreitas. Quero o menor.

O Iacy?

O cabeça-mole do Quiririm teve de abrir a boca. Balbina mandou que voltasse ao trabalho, que fosse rachar lenha. Disse que o Iacy não estava.

Pois espero.

Brontes postou-se no meio da sala. Ela conferiu os dois homens do lado de fora, Iacy tinha ido caminhar, às vezes sumia por horas. Rezou que fosse o caso.

Nunca na vida um homem tinha se fincado na casa dela, como se fosse o dono. Ainda mais um como o Brontes, que podia e mandava. Para ele não tinha lei, fazia uso do seu próprio padre, a garantir que fosse para o Céu sem percalço. Que se saiba o Veniaga não atendia a muitos outros. Brontes tinha a reputação de virar um touro quando contrariado. O importante era não o irritar. Ela saiu para buscar a chaleira. Voltou e deu com ele sentado no melhor tamborete da casa.

De cabeça, correu a lista de ervas. Queria a que até desse sono, que minasse a intenção dele. A flor do maracujá, faria bem forte.

O Nhô Brontes quer chá?

Ele recusou.

Decidiu tratá-lo como bem-vindo, como se fosse a coisa mais natural. Pegou a costura: as calças de Iacy já não serviam. Um pingo de suor caiu da têmpora, controlou-se. Abriu a costura de um lado, começou a alargar as calças com um remendo longo. Cada um fazia o que podia, calças pequenas, alargam-se. Já um dono de terras na sala, Balbina espetou o dedo, caiu uma gota de sangue. Brontes vigiava de esguelha, veria que costurava só para fingir calma.

Ela terminou uma perna e largou as calças. Brontes não se mexia, Balbina pegou a vassoura de galhos finos como quem se lembra de uma tarefa urgente e correu para a alcova. Tinha só um vão e uma cortina, nada de lugar atrás da porta, que era o certo para a simpatia das visitas indesejáveis. Assim mesmo deixou a vassoura de pernas para o ar, como convinha ao bom resultado.

Brontes continuou parado. Quando ela veio do fogão com milho-verde, ele virou o pescoço, talvez para sentir melhor o cheiro. O vapor doce tinha ocupado a casa. Mas partilhar refeição seria demais para ele.

Balbina levantou os olhos, o velho não saía do lugar. O jeito foi chamar Quiririm, que fosse encontrar o Iacy, não era para ficar sumido, ia anoitecer. Tomou coragem e disse que mandava avisar Brontes assim que o menino aparecesse.

Ele ficou quieto. Talvez o milho cozido tenha dado fome. Me avise, Nhá Balbina. Saiu sem se despedir.

* * *

Quiririm conhecia Iacy. Só podia estar na gruta, a seguia de vez em quando. Adivinhou o que fazia lá porque saía com um ar maroto e depois sério, para disfarçar. Ele correu pela trilha, irritado. Iacy agora dava trabalho. Era hora de estar em casa e não no mato, que mais um pouco era noite, e bicho noturno é mais perigoso. Chegou à gruta com cuidado, chamou várias vezes e bateu palmas. Assustou os morcegos, mais nada.

Teria tido a coragem de se embrenhar sozinha pela trilha? Sim, era só seguir os restos de araçá. Mordia o fruto até sobrar a coroinha. Quiririm viu a primeira coroa depois da gruta e seguiu. A trilha estreitou, os sinais confirmaram, alguém tinha passado havia pouco: cipó partido, nada de teia. Dava para enxergar os gestos de Iacy limpando o caminho com um pedaço de pau. Ficou aflito, que mais ninguém tivesse ido atrás, muita coisa ruim podia acontecer: onça, bicho peçonhento ou gente má.

Pelo menos ela não parecia uma menina sozinha no meio do mato. Perder Iacy, nem pensar. Tinham crescido juntos, eram os melhores amigos, mas agora, como fingir que por baixo das calças não havia uma menina, com tudo certo de mulher como as coisas da puta? Ele e Iacy bem que poderiam. Mas Nhá Balbina matava ele.

A trilha terminou numa pedra lisa, de onde dava para ver a vista. Iacy estava lá.

Se pudesse, pegava ela no colo e abraçava. Ao contrário, gritou pensa o quê, sumir assim? Ela se assustou e quase perdeu o equilíbrio. Não estava para despencar, mas foi Quiririm quem tomou o susto com altura da pedra sobre o vale. Correu para Iacy, deu um abraço de quem tenta salvar e pedir desculpas ao mesmo tempo, mas se atrapalhou e teve de recuar. Só conseguiu dizer volta, daqui a pouco é noite.

Iacy não respondeu e chegou mais perto. Se ele tinha dado um abraço, podia continuar. Era tão maior e meio bobo que Iacy achava graça, gostava daquele jeito, o cabelo escapando da orelha, cobrindo a cara, e a barbicha leve. Ela subiu na ponta do pé e deu um beijo na boca do Quiririm.

É assim que a puta te beija?

Isso ela não faz.

Parecia aflito, puxou a mão dela, vamos. Iacy se deixou puxar, mas só um pouco. Quando se aprofundaram no mato, a trilha escureceu, e ele começou a andar mais devagar, Iacy passou à frente, quase correu, batendo de um lado e outro com o pedaço de pau. Nem sentia os pedriscos e os tocos: tinha beijado. E o beijo foi em Quiririm. Podia até correr, para sempre, desde que o Quiririm estivesse logo atrás. E ele veio pensando em como, mesmo bom, aquilo não tinha como dar certo. Era proibido.

* * *

A madrinha não ralhou quando chegaram à noite. Achou bom que não tivessem encontrado Brontes. Fugiriam na primeira hora da manhã, antes que ele voltasse. Sair imediatamente não dava: Iacy estava exausta e com os pés escalavrados. Só tinha percebido ao chegar. Balbina a tratou com emplastro de erva-de-santa-maria, e ela desabou. Foi dormir sem saber que tinha um avô e precisava fugir dele.

Balbina só pregou o olho muito mais tarde. Queria pedir ajuda a Rubem, se é que não tinha voltado para o sertão. Com sorte, fugiria com eles. Pensou em mandar Quiririm, melhor não. Iriam juntos até Pinheiros, o achariam e então desapareceriam. A ideia era se afastar do curso do Obý.

Levariam a munição de boca em várias bolsas. Fariam a volta pelo Mboaçava, o caminho menos provável dali a Pinheiros.

Ela só não soube que naquela mesma noite Brontes tinha ido bater à porta do Padre Veniaga. Ele atendeu já de camisa e gorro de dormir, pareceu disfarçar o mau-humor e o convidou a entrar. Não entrou, era coisa rápida. Quem visse de longe entenderia que o padre estava recebendo instruções. Fazia que sim com a cabeça, e depois que não. E Brontes pontuava o que dizia com a mão direita, explicando. Na hora de sair, recebeu a bênção, que essa, mesmo vindo de quem vinha, não dispensava.

*

DEVE TER UM PROCEDIMENTO para curar uma pessoa, algum tipo de purificação, que é o oposto de ter a casa tomada pelos ratos. Joana não pensa desse jeito tão claro. Só começa a faxina do século: bate as almofadas, esfrega o balcão da cozinha, inunda o terraço de água com sabão em pó e arrasta todos os móveis para um canto, depois para o outro.

Ignora o barulho e não pensa nos vizinhos, como se cada objeto limpo purificasse Petra em mais um ponto e apressasse a cura. Enquanto raspa a tinta seca do vidro da janela ou remove a mancha que o sofá deixou na parede, vê o rosto de Petra, já boa. Também a vê com saúde quando consegue tirar a bola de pó detrás da geladeira. Atacou até o lugar onde estavam os ratos. Quanto mais Joana bufa, sua e faz doerem os músculos do braço, mais limpa a si mesma do que passa pela cabeça.

Termina perto da meia-noite, quando escuta a campainha, abre a porta e só vê o bolo no chão com o bilhete: *a receita era da sua avó*. O bolo de laranja da Vó Elma. Sabe quem entregou, a amiga da avó mora embaixo. Não planeja agradecer tão cedo, não quer chorar. Pior, não quer que a amiga da vó a decifre. Os pensamentos de Joana têm construído muita coisa que não presta.

Entra na cozinha e diz para ninguém: olha quem chegou. Come metade do bolo e chora, o cheiro do bolo é a presença da Vó Elma. Está tão sozinha (e quer ficar assim) que só aguenta falar com as paredes.

* * *

O embrião da necessidade da faxina tinha começado horas antes, na visita em que deixou a orquídea na mesinha de Petra (mesmo que a mãe não a pudesse ver) e esticou o braço para pegar a mão dela. Na fração de segundo desse movimento, Joana pensa na tomada daqueles equipamentos todos, deve ter ao menos uma, dá vontade de puxar. *Pull the plug*, como em filme americano. Petra lutaria por ar sem o respirador. Joana desconfia que gostou da visão.

Termina o gesto de pegar a mão da mãe. Afaga com uma ternura que não conhecia e que, mais uma vez, logo muda de rumo e a faz se sentar na poltrona do canto, o mais longe possível, até para proteger Petra, que o Du com a vassoura agora é ela, Joana. Em quem imagina bater? Não na rata que amamenta os filhotes. Bate em Petra. E matricídio, mesmo imaginado, é uma palavra horrorosa. Joana tem tido sentimentos em todas as direções, nomes abstratos bons e ruins, agora tão concretos quanto o Du batendo nos ratos enquanto ela se encolhe e tapa os ouvidos.

Volta a se aproximar e segura a mão de Petra. Não está fria nem quente, tudo certo. Será? Más lembranças da Petra impermeável se sobrepõem à imagem da mãe ali, frágil. Também lembra de coisa boa.

Era pequena e teve dor de garganta; se lembra do macarrãozinho cabelo-de-anjo no prato fundo. O caldo era de galinha verdadeiro, não dos de cubo. Petra disse cura qualquer coisa, servindo mais uma concha. Ela mesma tinha feito o caldo, e, pela metade do segundo prato, a dor de garganta tinha passado. Mesmo que para a Joana criança fosse difícil alternar o garfo para enrolar o macarrão e a colher para beber o caldo, como fazia Petra, que nunca cortava macarrão.

* * *

Noutro dia, Joana espera na recepção da UTI. Sente dor de garganta, apesar do chá de gengibre e da canja da véspera.

Mas não é isso que a incomoda, é mais a sensação física de estar errada, de ser errada. Tem vontade de esmagar alguma coisa com o punho, pensa nos ratos, não termina o pensamento, ocorre a ela que pode ser culpa. Devia existir um filtro para as barbaridades do que a gente é capaz de imaginar

Começa, então, outro procedimento para a cura de Petra. Também não é consciente. Pelo menos serve para que Joana pare de pensar coisa ruim. Quem olha deve pensar: está tamborilando os dedos, aflita com o doente. Sim, fica aflita, a mãe no respirador e com a cara desmontada pela sedação. De um lado Joana quer Petra salva; do outro os pensamentos continuam a se infiltrar na cabeça dela e correm na direção oposta: *morre, Petra.* Joana tem medo de si, do que é capaz de pensar. De fazer? Tão melhor deixar isso bem no fundo, quieto. Nos últimos três anos tinha funcionado.

Tamborila não de nervoso, mas por causa do hábito novo: compor haicais. Ajuda a manter o cérebro na linha. Tenta mais um, de cabeça e contando as sílabas enquanto bate os dedos: 5-7-5.

Cabelo-de-anjo

caldo brilhante na massa

E daí? Para no segundo verso, não fica satisfeita. Não é poeta, nunca será. Para ela, haicai é quase um sudoku de três linhas, um passatempo. O que não significa fazer um troço que não toca ninguém. Pode terminar com *garganta sem dor*. Mas não.

Volta para o lado da mãe e quando vê começa outro:

O banco de esperma
capenga à beira do rio
cadeira sem perna

Será que o cromossomo do pai dela veio de um menu? Educação, raça, hobbies. Como assim? Tinha feito o pacto consigo mesma: nada da história do pai (ou da falta dele). O assunto era mínimo diante do que a Petra estava passando (e não tão grande quanto os problemas que ela e Petra tiveram). Joana se levanta, dessa vez para enxugar a testa da mãe. Será que o quarto ficou quente? Ajusta o ar-condicionado e volta a se sentar.

Banco de esperma talvez não. Pode ser que Petra transasse com os dois, o de olhos azuis e o dos castanhos. Ou pior, o pai é um cara aleatório, nem a mãe sabe quem é. Tinha o direito de transar com quem quisesse, claro. Mas mentir a vida inteira sobre isso?

Castanho ou azul

pouco importa a cor do olho

Não. Haicai é tipo foto. Esse não vale terminar. Chega. Estava virando vício.

No caminho de casa outro haicai promete funcionar:

Derrotada e murcha

A matricida da sombra

Bate em retirada

Tá. Não é foto mas serve.

*

BATERAM PALMAS. Cipó rosnou, e Quiririm pulou da rede. Viu o Padre Veniaga com dois homens, que Nhá Balbina viesse. Quiririm pensou que tinha alguém doente, mas ela não era boba. Pôs o aió com ervas a tiracolo, como se estivesse pronta para seguir o padre até o doente, e atendeu com o rosto mais sereno que pôde. A bênção, Padre. Te abençoe, minha filha. Até ali, nada de novo. Mas o Padre Veniaga emendou uma conversinha, ouvi contar que vosmecê, além das curas e poções, benze e faz feitiço. Transformou a cria de Rita em frango. Por quais artes do Demônio?

O padre deu ordem para que tirassem a mesa do alpendre e a levassem para baixo das jabuticabeiras. Que Balbina também fosse. Foram chegando pessoas da outra nascente, quase meia dúzia. Iacy e Quiririm ficaram na casa, guardados por dois homens. Balbina se preocupou, sabe-se lá o que fariam com a menina.

Se estivesse no lugar de Iacy, se preocuparia mesmo. Uma velha que Balbina mal conhecia entrou na casa, abriu a cortina da alcova e mandou Quiririm sair. Ele disse não, ela disse problema seu e começou a desatar as calças de Iacy, que gritou me larga, o que é isso, e antes que Quiririm puxasse a velha os dois vigias é que o puxaram para fora do quarto. Já eram Quiririm e Iacy gritando, e a velha, agora ajudada por um dos brutos, puxou as calças da Iacy até o chão e a jogou na esteira, e Iacy tentou chutar, não conseguiu, as calças prenderam as canelas, e o homem forçou os joelhos dela bem abertos, e a velha puxou as peles das vergonhas dela bem abertas também, aproximou a lamparina e se deu por satisfeita, é mulher sim, e o homem foi o último a largá-la, depois de um sorriso nojento, só faltava babar, e vergonha não é nem o começo do que Iacy sentiu, se pudesse degolava os três. Como encarar Quiririm de novo, e aquela gente invadindo as partes dela, aquilo é que era ser mulher?

De fora, Balbina escutou a gritaria e o barulho na casa. Tentou acudir, foi detida. Só viu que a velha veio cochichar no ouvido de Veniaga.

De pé e a poucos passos do padre, Balbina suava, mesmo no frio da madrugada. Sentado atrás da mesa dela, o padre ameaçou: espumava em latim, em português, e, quando queria que todos entendessem, olhava em volta e cuspia no tupi da língua geral. Era tanto o latinório e as mentiras das testemunhas de quem nunca tinha ouvido falar, que Balbina se deu por perdida. Desejou que Yapyra, a ancestral dela que curava bichos e gente, a carregasse para longe. Também rogou por Iacy e Quiririm ao Irmão José de Piratininga, um religioso conhecido da ancestral, capaz de milagres, e em tudo diverso desse padre-a-soldo do Brontes.

Trocou o pé de apoio, as pernas latejavam. O padre a culpava de bruxaria e artes da ilusão, permitindo a uma filha de Deus transformar-se num objeto do Demônio, vestida com calças, e só faltava coçar os colhões de tantos maus modos. Colhões que não tinha, como se pôde comprovar pelo relato do exame da referida pessoa, em tudo uma mulher perfeita. Veniaga olhou a velha, que ergueu o nariz torto, satisfeita com seu papel no julgamento.

Balbina escutou. Iacy em uma indignidade daquelas, que tivesse sido só a velha a bisbilhotar-lhe as vergonhas. Mulher perfeita, repetiu o padre, e só não a condenava em deferência a Nhô Brontes, cristão, fidalgo legítimo tendo trazido incontáveis almas selvagens para o Reino do Senhor. Ele não merecia perder a descendência, e Iacy era a única, doravante denominada a Vítima. Que ficasse a menina sob a guarda do avô e longe da influência nefasta de Balbina, que se dizia madrinha dela, cristãmente falando, no Senhor, que fosse logo a menina crismada com o avô como padrinho, doravante denominado o Protetor, para que fosse salva, nesse Reino e no Próximo.

As palavras do padre iam e vinham. Com as mãos atadas às costas, Balbina pensou no fim dos tempos. Viu a lenha chegar e entendeu que o seu próprio fim chegaria antes. Parecia fogueira de São João, só podia ser para ela. Como um padre sozinho se arvorava a inquisidor? Não tinha quem a salvasse. Quando Rubem recebesse a notícia, seria tarde.

* * *

Ia amanhecer. Vigiados por um grandalhão que cheirava a mula suada, Iacy e Quiririm faziam de tudo para não cruzarem os olhares. Ela tentava disfarçar a vergonha de ter as partes fuçadas pela velha, com o babão aproveitando a vista. Ouviu um tropel. Dois homens arrancaram Quiririm dela, nem se despediu. Escutou: esse vai para o desterro com Nhá Balbina. A palavra nova devia querer dizer que iam perder a terra ou que iam para longe, ou as duas coisas. Pelo menos não morreriam.

Não tinha terminado de pensar no desterro, apareceu outro com jeito de dono e a puxou pelo braço. Era o Brontes. Iacy se debateu, não ia se deixar levar. E ele: sou teu avô. Apertou forte. Ela parou, pela surpresa da notícia, pelo tom furioso da voz e, não menos decisiva, a dor no braço. Sou teu avô, esbravejou, e a puxou para fora. Ela viu um corre-corre de gente no sítio e a fogueira, pronta para acender.

E Balbina? Iacy viu a madrinha e Quiririm descendo a trilha com as mãos atadas e o padre atrás, benzendo o chão em que pisavam, como se fossem demônios. Berrou, e não escutaram no meio dos bruxa-do-inferno, Jezebel e das gargalhadas. Uns cuspiam neles. Cipó latiu, tomou um chute e fugiu para o mato. Uns parvos com tochas continuaram a seguir o padre, e outros voltaram para quebrar o que encontrassem. Jogaram as panelas de barro no chão, pisotearam as cumbucas, chutaram o caldeirão. Ao lado de Iacy, Brontes não interferia. Parecia gostar. Ou só queria que ela visse.

Acenderam a fogueira. Iacy viu jogarem as folhas, as flores e as raízes que a madrinha colheu, no tempo certo e conforme o uso, espanando, pilando e botando para ferver. Quando o elixir estourou com línguas de fogo, eles se assustaram e praguejaram que as labaredas sim eram obra do demo. Teve o butim. Um saiu com uma cabra, outro com os queijos, outros correram atrás das galinhas. O mais baixo pegou os bornais de munição de boca, olha a prova, iam fugir. Iacy não viu mais Cipó. Melhor que sumisse.

Balbina olhou uma última vez para Iacy e para a casa. Um desgrenhado encostou a tocha na cobertura. Tinha sido sem querer, estava de costas. As chamas pegaram de leve no sapé, o sereno deve ter protegido. Mas por baixo da camada úmida tinha palha seca. A casa começou a pegar fogo.

* * *

Não adiantava espernear, Iacy se viu na mesma sela que o velho. Ele meteu as esporas com raiva, o cavalo deu um pinote e disparou. Agora era prender os joelhos para não cair. Brontes agarrou o tronco dela com o braço livre, o outro estava com a rédea. Apertou que Iacy não respirava. A cada curva um susto, talvez fosse melhor morrer a ficar na mão daquele homem. Assim mesmo, prendeu os joelhos contra a barriga do cavalo, para não cair. Saltaram um tronco, o velho a apertou ainda mais.

Como a madrinha foi esconder que tinha um parente de sangue? Desde pequena só ouvia falar mal do Brontes. Fazia ruindade porque gostava: matava macaco e não comia e tinha esmagado a cabeça de um cachorro a paulada só porque tomou uma mordida, e olha que a culpa tinha sido do velho, pisou no rabo dele enquanto dormia.

Galoparam a caminho da nascente de lá, a das terras de Brontes. Tudo doía. Iacy viu o pé de mata-pau. Estrangulava uma árvore que ela já nem sabia qual, de tão acabada. O apertão de Brontes deu enjoo, e ela se lembrou de Rubem, onde estava que não veio ajudar? Quando o padrinho contou daquele tipo de figueira, ela pequena não tinha conseguido dormir.

Saltaram o Obý, e o cavalo disparou. Estavam na fazenda, sabia que ia descansar. Ela se desequilibrou quando o avô puxou as rédeas. Brontes reduziu a andadura, afrouxou o braço, e só então ela recuperou o fôlego. Iacy nunca tinha passado da perna de lá. A terra do Brontes começava no pasto, quase todo desmatado. A clareira era tão grande que parecia não acabar, via-se mais capim do que o mato atrás. Só o que parava de pé eram os quatro mata-paus gigantes. O maior, oco, onde a árvore morta tinha estado.

*

DESMAME É UMA PALAVRA ESTRANHA. Em compensação, Joana escuta que Petra vai se curar. A médica tem uma pinta perto da boca. A pinta não mexe enquanto ela avisa que o desmame começa no dia seguinte. É como a gente chama a saída do respirador, diz, e a saída tem riscos. Talvez seja preciso mais de uma tentativa.

Joana não confia quando ela diz que o prognóstico é bom. Acha que finge de otimista só para que se anime.

* * *

Aos cinco tinha visto a amiga da mãe amamentando o filho que já andava e achou esquisito. Perguntou, até quando eu mamei? Petra se abaixou: minha filha, o leite acabou no fim da licença-maternidade, você mamou no peito até uns quatro meses. Joaninha só pensou que não se lembrava de ter mamado.

Petra ainda era chamada de mãe quando Joana tinha todos os dentes de leite e o Cleto era o amigo imaginário. Eles tinham se escondido embaixo da cama de casal. Viram a mãe entrar no quarto com o cara que parava a moto em cima da grama. Ele tirou a camisa e a calça, Joana riu. Petra se abaixou para ver o que era aquilo embaixo da cama. Gritou que Joana saísse já. Era estranho ver um homem assim, quase pelado, nem ia tomar sol.

O jogo de esconde também acontecia quando o amigo imaginário pedia a Joana para comerem biscoito de polvilho atrás da cortina. Era proibido porque estragava o apetite, mas vinha com mais uma recompensa: ouvir conversa de gente grande. Para dar certo eles tinham de parar de morder o biscoito ou até parar de mastigar. Se não, logo vinha a avó ou a mãe afastar a cortina dizendo tem um ratinho aqui.

Foi com a boca cheia de polvilho, já virando pasta, que Joana ouviu a Vó Elma dizer para a mãe: você tem que contar para ela, Petra, a menina não pode crescer desse jeito. Estava na cara que falavam do pai. Mas o quê? Talvez ele fosse invisível como o Cleto.

O aniversário de sete foi o primeiro em que o pai estava para chegar a qualquer momento. As crianças foram embora, as bolas começaram a murchar, deu meia-noite, já nem era mais o dia certo, e ele não tinha aparecido, nem telefonado, nem mandado entregar nada.

Joana ficou tão cansada e irritada que não conseguiu chorar nem dormir. Na cama tentou se lembrar do rosto do pai. Foi difícil, a cara escapava. Ao menos os olhos eram iguais aos dela. O cabelo também: castanho. Quis fazer ele sorrir, como era mesmo a boca?

* * *

Existia a foto de um gramado. Não se lembrava do dia, só da foto e do que a mãe contava, ele comprou sorvete de casquinha, e ela era tão pequena que deixou cair no chão, chorou, e o pai trouxe uma nova, com três bolas gigantes. Joana ficou tão lambuzada que teve de tomar um banho no bebedouro. Petra contava quando ela pedia fala mais do meu pai.

Com a cabeça no travesseiro e bem chateada por mais um aniversário sem ele, a Joana de sete anos fechou os olhos e se viu no gramado como na foto, o pai agachado e ela de pé, bem pequena, abraçada à perna dele. Estavam embaixo de árvores enormes, e a mãe era quem tinha fotografado. Adormeceu com a imagem. Já era hora do café quando foi acordada com Petra dizendo o seu pai passou aqui de madrugada e te deu um beijo pelos sete anos. Você estava dormindo. Tinha um voo para pegar. Petra mostrou um pacote com fita dourada.

Era isso que dava mais raiva: quase falou com ele, só quase. Saiu da cama sem abrir o presente, como se ainda desse para alcançá-lo. Por que a mãe não tinha acordado ela? Encontrou a sala vazia e suja da festa. Pegou um garfo do chão e tentou estourar as bexigas. Deu mais raiva, bola murcha não estoura. Então espatifou a primeira coisa que viu, o vaso de porcelana pintado à mão pela Vó Elma.

Jogou o vaso no chão com toda a força e assim mesmo estranhou os cacos, as flores espalhadas e a poça de água. A avó, que tinha passado a noite lá para ajudar, veio correndo com o barulho, e Joana perguntou: cadê o meu pai?

Isso é com a sua mãe. Eu já te disse.

Sempre respondia assim. Era o único assunto que a Vó Elma desconversava. Mereceu ter o vaso espatifado.

*

O URRO ATRAVESSOU duas portas: a da menina e a do Brontes. Iacy gritou tão forte que os grilos se calaram. O avô, pronto para dormir, admitiu: agora que a tinha encontrado, fora uma decepção. Primeiro, porque já estava quase certo de que o neto seria varão. Depois, não o sendo e vendo o tipo de rapariga que era, chegava a duvidar do sucesso de casá-la bem. Aquilo no quarto ao lado, com o privilégio de sair da rede ou da esteira e dormir em cama, não era uma rapariga. Era um animal. O dote sairia caro.

Pensar que tinha por tanto tempo desejado herdeiros. Com a Graça de Deus não seria impossível. Teria bisnetos para cuidar das terras e dos negócios. Um lado dele ganhava esperança: o rosto da menina lembrava o de Rita. Via algo de si naquela jaguatirica. Era uma legítima Brontes. Se fosse um rapaz, iria longe. Mas o que escutava a se debater no quarto ao lado era uma aberração.

* * *

Iacy ouviu passos. Já era dia, e o quarto continuava na penumbra. Brontes abriu a porta, entrou soltando lama seca das botas. Ela quase nunca via gente calçada. O velho olhou como quem não gosta e fez entrar Naná, uma da-terra quase da idade dela, o cabelo preso com uma fita, a blusa bordada. Veio com a jarra d'água e a bacia. Depois trouxe a blusa, o corpete, a saia rodada e sapatinhos de pano. Eram para Iacy.

Tira logo essas calças do demônio, menina, Brontes se virou de costas.

Iacy não reagiu. Ele virou a cabeça e falou qualquer coisa, uma donzela como tu. Deve ter feito uma pergunta. Iacy tentou se esticar para parecer alta e continuou muda, mesmo ele insistindo. Tinha aprendido a artimanha com Rubem, funcionou com a onça: não atacou porque Iacy, ao invés de fugir, jogou os braços para cima, para ficar maior.

Brontes continuou: responde, diz logo. Levantou a mão, era para o tapa pegar na cara. Deve ter se arrependido, baixou o braço e voltou a olhar a parede. Tira essas calças, disse de costas, e adivinhou que Iacy não se mexeu: sem aviso estalou o relho nas canelas dela, que continuou imóvel mesmo com a dor. No segundo golpe, segurou o choro. E Brontes: que tirasse as calças ou as arrancaria à força. Agora estava de frente e a chicoteava forte nas pernas. Ela deixou as calças caírem ali mesmo. Deu um passo para fora da roupa, que ficou molhada no chão. Agora a cadelinha mija de medo, disse Brontes. Antes de sair, se virou para a aia: limpa esse nojo.

Naná voltou com um balde e foi esfregar o chão enquanto Iacy se lavava na bacia. Iacy se vestiu pela primeira vez na vida como mulher. As pernas latejavam, oito vergões, nunca ia perdoar o velho. Mal respirava, o corpete era um mata-pau, fora a fumaça vinda das frestas da janela. Brontes tinha mandado queimar as calças ao lado, para que não ficasse dúvida: roupa de menino, nunca mais.

Assim que ficou sozinha, tirou o corpete e vestiu a blusa direto no corpo. Olhou para o exagero de pano da saia, qualquer um que subisse em árvore ia se atrapalhar e tomar um tombo. Não era à toa que as meninas cresciam inúteis. Sabe o que é se vestir de mulher, tropeçar na saia, se apertar no peito, na barriga? Queria dizer isso para o Quiririm, contar que passou a viver trancada, num quarto com cama. Mas do que adiantava cama se não podia abrir a janela? Não via direito dentro e muito menos lá fora. Perdeu a conta do tempo, emagreceu, vivia exausta. Se ainda fosse menino, poderia escapar.

Acompanhava o dia pelo feixe de luz que varria o piso e a cama, da manhã à tarde. A fresta da janela era suficiente para que o mindinho quase passasse. A unha e as carnes terminaram escalavradas quando tentou soltar a tranca. Era fechada por fora.

Naná só servia canja, como a que tinha acabado de deixar no quarto. O velho devia ser rico mesmo, quem é que podia matar galinha assim, todos os dias? No começo era bom, o caldo reconfortava, mas canja só queria dizer que achavam que estava à morte. Não estava. Era só deixar que saísse para correr pelo pasto e trepar em árvore.

Esmurrou a porta depois de mal tocar a comida. Tinha virado rotina. Gritou, e mais uma vez não adiantou. Acabou quieta, escutando os barulhos, sentia falta dos sons da madrinha ordenhando as cabras, fazendo poções. Teve tanta saudade do Quiririm que até aguentaria quando ele não fechava a matraca. Mas agora a vida era na casa de um velho chamado Brontes. De dia escutava as botas no assoalho, ameaçando longe e perto. À noite era impossível fingir que ele não resfolegava, cobrindo alguma moça da casa.

Se o velho chegava até o quarto dela, costumava começar calado, por trás da porta. Às vezes batia com o relho no umbral, batidinhas repetidas, um tique enquanto falava, e ela não respondia. Nesses dias, Iacy escutava palavras como por bem ou por mal ou nem que eu tenha que, mas não passou disso depois da primeira surra.

Tudo ficava mais quieto quando Brontes não estava. Pena que tinha um vigia atrás da porta. Iacy podia acordar com o ritmo da vassoura, adivinhava o almoço pelo som das panelas e o fim do dia quando fechavam as outras janelas da casa, a dela vivia fechada. Penumbra lembrava sussurro. Cresceu com os cochichos, quando Rubem visitava. Eram sobre ela: paravam quando aparecia. Não saber da mãe nem do pai era como ter um buraco no peito. Mas perguntar a eles, nem pensar. Balbina fechava a cara.

Talvez Brontes fosse o motivo dos sussurros e de ela ter crescido como menino. Até ali não, preferia. Na roça, vestido nem fazia falta, melhor ser como Quiririm. Não se importava até outro dia, quando o mundo virou do avesso e ela se viu no corpo que sangra, um sangue que aparece só para entregar quem ela tinha sido o tempo todo. Depois da primeira regra, passou a estranhar as calças e não só. Era outra pessoa, como se não soubesse mais correr, flechar, pescar. Presa, não dava nem para confirmar que não, que continuava o mesmo Iacy. E tinha os peitos: cresciam, mesmo ela emagrecendo. Eram uma coisa bonita, e era bom passar a mão neles. Mas daí a aceitar ser mulher ia uma grande distância. Saia, por exemplo, dava enjoo.

* * *

Apareceu um crucifixo por baixo da porta. A joia parecia renda, só que de prata. Iacy escutou a voz do velho, do outro lado: toma, pode usar. Não sabia que podia fazer uma voz tão suave. Foi da tua mãe, disse, e antes dela de Francisca, tua avó. Chegou comigo do Reino faz muitos anos. O velho tinha consertado a correntinha, partida quando arrancou o crucifixo do corpo desenterrado de Rita. Isso não falou.

Iacy passou o dedo pela cruz, um objeto duas vezes sagrado: crucifixo, e que foi da mãe. Tinha o Jesus muito pequeno, com a cabeça caída. Beijou. Colocou a corrente em volta do pescoço e passou a tarde alisando a filigrana. Talvez a mãe fizesse igual.

Brontes voltou na noite seguinte. Por trás da porta começou a contar de quando Rita era pequena. Iacy fez força para não perguntar. Quis que ele não parasse, soava manso, talvez não a machucasse mais. Ouviu que Rita tinha uma boneca, Isabel, de cabelo de palha de milho. Não estranhou um homem como ele prestar atenção em criança, ainda mais em nome de boneca. Quase pediu para que abrisse a porta.

Até que o efeito do crucifixo desbotou. Iacy voltou a berrar que a soltassem, que era quem era, vivia com a madrinha, e onde estava, e Quiririm. O velho reapareceu quando ela começou a dar pancadas na porta com o ombro, que terminou roxo e doendo. Que parasse, escutou, tinha de se portar, uma rapariga assim precisa de punição e polimento. O avô abriu e fechou a porta, só para arrancar a corrente. Que ódio. Iacy segurou o choro. À noite se revirou, testando ideias de fuga. Nenhuma parecia funcionar.

*

SÓ AOS DOZE Joana descobre o problema da foto no parque. A professora tinha pedido uma fotografia de família para um trabalho. Escola é o tipo do lugar que adora momentos-família. Joana tinha crescido bem chateada com aquele tipo de celebração, nessa hora é um saco não ter pai para mostrar. Sentindo-se grande, achou ótimo poder levar a foto dela com o pai no gramado do parque. Aquilo ela tinha para mostrar. Puxou a gaveta das fotos para fora do armário de Petra, virou de ponta-cabeça e não encontrou.

Viu uma parecida, do mesmo dia. A cena era como a da lembrança, só que Joana estava agarrada à perna da mãe e não do pai. Mostrou para Petra: e o meu pai? Ele tinha ido comprar sorvete. Então cadê a foto minha com ele, igualzinha a essa? Não, essa foto nunca foi com ele, foi comigo.

Como é que a melhor lembrança dela com o pai era outra coisa no papel?

Então quem tirou?

Foi a sua avó, você era pequena para lembrar.

Que ódio, queria que o pai estivesse morto. Ao mesmo tempo, se estivesse vivo e com filhos, não ia dar para aguentar o ciúme. Também teve raiva de Petra, que não segurou o pai dela e nem se casou de novo. Sentia inveja das amigas até quando falavam mal dos padrastos.

* * *

Joana olha a mãe cheia de tubos. O rosto parece que se mexe, mas não. Os edemas já mudaram de cor. Não é bonita, pode ser chamada de interessante. Apesar dos lanhados e do tubo, agora está bonita e não parece sofrer. Dá vontade de acertar as contas. Taí uma coisa em que não pensa, faz tempo.

Tinha parado de reclamar da Petra, do olhar *de mais* e do olhar *de menos*. Se flagra com a lembrança de quando os peitos apareceram de verdade e a mãe começou a brigar direto com ela, de como tinha perdido a medida. Era proibido cometer o menor errinho de português, tinha de falar com precisão, e, mesmo sendo boa aluna, as notas podiam ser melhores. O menor defeito caía na categoria Fracasso. E Petra curtia nota perfeita? Também não. Joana chegou feliz com A+ na redação, e ela não aguentou escutar nem o primeiro parágrafo. Também não dava para contar como o time de vôlei tinha ganhado o campeonato, ou como a apresentação do grupo de História foi o máximo. O sucesso era mais proibido ainda. Qualquer coisa que não fosse sobre Petra não funcionava: não achava a menor graça.

Além de *inteligente aqui, só eu*, também era do tipo *mulher aqui, só eu*: podava maquiagem, orelha furada, tudo o que chamava de futilidade. Era só para Joana não ficar mais bonita que ela, e não pelo que chamava de valores, metida a intelectual, que não era pra se ligar nas coisas materiais. Foi um saco, não acabou, ficou pior. Se não fosse a Vó Elma, tinha arranjado uma passagem de ônibus para a Patagônia ou para Roraima. A pausa era nas viagens da mãe com o cara da vez. Aí a Vó Elma se mudava para cuidar dela, e tudo dava certo.

Mesmo assim, Joana ainda chamava Petra de mãe. É que mãe é mãe, e ela era a filha, e no instante em que pensa aquilo o respirador apita diferente. Fica claro que é uma crise, porque aparecem duas enfermeiras, ela é enxotada e vai para o saguão do andar. A mãe dela pode morrer, a mãe dela pode morrer agora.

O que tem de fazer para que Petra se salve? Vai ficar bem, vai ficar boa, se Joana adotar o procedimento mais poderoso: tem que voltar a chamá-la com a palavra certa, mãe.

*

IACY PERDEU A CONTA de tanto que amanheceu e anoiteceu. Sonhava com Quiririm, com a madrinha, desejava Brontes muito doente, morrendo do outro lado da porta. Conheceu cada falha nas tábuas do piso, cada fresta da porta e da janela.

Não parou de pensar em fugir. Quando Naná aparecia com a comida, ficava avaliando. Não ia com a cara dela, sempre de olho. Iacy era mais forte. Podia obrigá-la a trocarem de lugar. Mas como garantir que, mesmo amordaçada, não fizesse barulho? Atrás da porta tinha o vigia. Ainda que Iacy saísse do quarto, faltava sair da casa e das terras. Até lá alguém pegava. Brontes saía às vezes, pena que voltava logo. E, mesmo que saísse, tinha uma fazenda inteira de gente vigiando.

Iacy pensou em veneno. Dos de matar ou só para fazer a casa dormir. Talvez mandioca brava e malcozida? Devia ter. Antes Naná tinha de concordar e pegar a certa, toda mandioca se parece, a mansa e a brava. Era melhor voltar a ser menino, para sair de noite e ninguém notar. Então precisava de calças e uma camisa de homem. Para a faixa do peito, era só rasgar o lençol. Mas e o resto? De novo, tudo começava por Naná.

* * *

Até que soube: o velho não estava e ia ficar fora uns meses. A primeira coisa que fez foi vestir o corpete, não porque alguém mandou, mas porque Rita talvez tenha usado. Naná recolheu o prato, e ela não tinha comido. Se contorceu, fingiu muita dor e escutou, o que foi, está naqueles dias? Pediu que abrisse a janela, repetiu que a barriga doía demais, que de calças ficaria bem. Naná não abriu, mas se ofereceu para bordar umas flores na saia. Iacy a olhou, era uma parva. Dar importância a uma peça de roupa.

Comigo foi assim: de calças desde pequena. Não sabes que me puseram um feitiço?

Foi Balbina?

Nunca. Foi outro, uma pessoa muito má. Fui condenada a portar-me como menino a vida toda. Se não visto calças, fico cada vez mais doente, até morrer.

Iacy parou, para ver o efeito do que tinha dito. Parece que fisgou Naná. Continuou.

Aguentei até aqui, mas não sei. Quer que eu morra? Meu avô te mata. Naná recuou como se o feitiço pegasse ou como se ela pudesse mesmo morrer, isso pensou Iacy, e disse: me arruma umas calças emprestadas, ninguém vai descobrir.

Naná, já na porta: Deus me livre.

* * *

Não era só o desacerto de Naná ver moça em roupa de menino. Iacy era um perigo para ela porque não conhecia medo, não tinha ideia do que Nhô Brontes era capaz. E, apesar de ter surrado a neta, não teria coragem de matar, ou desfigurar ou desterrar, por mais que ela o provocasse. Naná, ao contrário, não podia sair um palmo do riscado. Se Nhô Brontes descobrisse que tinha arranjado calças novas, podia ser trocada, podia apanhar até ficar feia e só poder fazer trabalho pesado. Podia também morrer.

Iacy não via que não era dona da própria vida? A mãe de Naná tinha sido livre quando era pequena, na aldeia, longe dali. Corria com as outras crianças e comia o que quisesse, tomava banhos de rio e participava das festas. Agora era diferente, Naná e a mãe eram cativas, apesar de Nhô Brontes usar uma palavra difícil, *administradas*.

Quando Naná ficava doente, a mãe dela cantava baixinho cantigas proibidas na fazenda. Quando reclamava das exigências de Nhô Brontes, a lembrava da noite em que os homens dele apareceram com estrondos e fogos e amarraram todos em fila, menos os velhos, mortos na hora. A mãe nem bem era mocinha e viu os pais, avós de Naná, morrerem de doença de branco no caminho. Ao chegar à fazenda, Brontes a juntou com um homem cativo, como ela, mas não falavam a mesma língua. Aquele ia ser o pai de Naná, que depois arrumou briga e foi trocado por uma carroça e não foi mais visto por lá. A mãe insistia: Naná, você teve sorte. É bonita, foi escolhida para o trabalho da casa, ao contrário de mim e das suas irmãs, a roçar, fazer tudo que é trabalho pesado e fazer farinha o dia todo.

Iacy também não tinha noção do que era ter de ficar para servir Nhô Brontes. Ele só queria saber de cobrir as moças. De dia apalpava Naná pelos cantos da casa, dizendo não perdes por esperar. À noite era um touro bafando no cangote dela, Naná só tinha de fazer uma coisa: aceitar. Então Iacy podia esquecer aquela história de calças.

*

VÁ FAZER OUTRA COISA, Joana escuta da enfermeira. Estabilizamos a sua mãe. Se guarda para quando ela estiver consciente. O desmame por enquanto está cancelado.

Que outra coisa? Não tem aula ainda, está de licença do vegano e não quer ver ninguém. Senta no jardim do hospital, e a voz de Petra dá saudade, o tom usado pelas mães para crianças queridas, *dobra pontinha com pontinha*, ela ensinando a fazer barquinho de papel. Se arrepende dos áudios que apagou sem escutar. Pelo menos leu os textos, até porque eram curtos, a síntese é uma virtude. Era o tipo de frase de que Petra gostava. Que a vida dela não seja tão curta, procura a madeira para bater, não acha, o lápis serve. Para que a maldição da palavra síntese, a vida do tamanho de uma síntese, não pegue na mãe.

Coloca os fones, abre o aplicativo e ouve o primeiro áudio que não apagou, de meses atrás. *Minha filha,* escuta e aperta o sinal de pausa, para que cada som possa entrar e ficar dentro dela, quase tinha esquecido do timbre da fala de Petra para ela já crescida. Como tinha conseguido passar três anos inteiros sem se falarem? Pressiona o play: *quero muito te ver, vamos tomar um café?* Demora a se levantar, até que caminha para casa ouvindo a mãe. Não percebe o portão do jardim do hospital, não se incomoda com o trânsito e nem vê que começa a escurecer. Ainda escuta a mãe quando chega ao apê, *me lembro dos dedinhos do seu pé quando te dava banho*. Nunca se sentiu tão amada.

As gravações da mãe não são sintéticas, ao contrário. Joana quer ouvir tudo e tocar de novo. Não sabia que ela podia falar por tanto tempo em cada áudio, e de um jeito que fazia com que se sentisse bem. Se soubesse, teria sido o meio de comunicação ideal. Tinham morado na mesma casa e usavam a geladeira para pregar recados que cabiam em mini post its.

Fica até a madrugada escutando e se sente forte, *como você é forte, minha filha*. Não que precise da permissão de Petra para ser capaz, mas a voz da mãe dá ânimo para pesquisar sobre o pai no jornal. É o melhor jeito de esperar pela melhora dela. Joana vai em pessoa e tem até uma desculpa, a demissão de Petra. Acaba de saber pela gravação.

* * *

Mesmo saindo cedo do metrô, Joana sente o ar do Centro bem diferente. Tem uma mistura de poeira e diesel. E gente demais, como o cara de paletó que reclama meio bruto, êh, olhaí, quando ela esbarra nele. Ela olha e, com uma acuidade que não conhece, vê a tampa de caneta fincada no piso; o broto da goiabeira no meio-fio; o homem com a unha do dedão afiada. Esse olhar é estranho. Pode vir da noite mal dormida ou do tamanho do que espera descobrir.

Vai ao jornal no caminho parecido ao que fez quando era criança. Tinha sido duro ver tanta gente e encarar o mundo da altura das cinturas, das bundas e das barrigas, as pessoas se espremendo antes de atravessar a rua.

Petra andava com passos largos, e Joaninha se esforçava para acompanhar. Como se a distância certa de uma passada fosse a da mãe, como se não pudesse usar um passo proporcional ao próprio tamanho. Dava pequenos saltos e de vez em quando um passinho dobrado para não estragar o ritmo. Umas vezes era divertido, em outras se sentia errando.

Saltitou pela última vez na recepção do jornal. Soltou da mão de Petra e mergulhou a atenção no revestimento das paredes: pastilhas tutti-frutti tão diferentes entre si e coloridas que ela se perdeu entre as cores e os padrões. A mãe explicou que o prédio era conhecido por aquelas pastilhas, que um dos sócios tinha uma dívida para receber, a pessoa ficou sem dinheiro e pagou com o revestimento disparatado.

Naquela primeira visita Joana nem escutou a explicação, porque as pastilhas a lembraram os mini chicletes que a avó tinha um dia trazido (ainda bem, porque a mãe não era de dar porcaria para criança). Como toda a história de Petra, aquela seria repetida por muitas vezes.

Agora existe um revestimento feito para não ser notado, e a Joana adulta não se abala quando não acha as pastilhas na recepção. O jornal é a última tentativa de achar o rastro do pai. Não encontrou nada online. No arquivo físico talvez apareça alguma coisa.

O saguão está menor, o jornal importa para ela. Foi a entidade que só devolvia a mãe no meio da noite e, depois, o lugar em que Joana trabalharia como repórter, desmontando o tráfico de mulheres, a corrupção ou qualquer outra coisa que não prestasse.

A ideia de seguir a carreira da mãe tinha desbotado. As histórias de Petra sobre o pai, e não qualquer matéria da faculdade, a convenceram de que o fato (jornalístico) não existe. E jornal digital não serve nem pra embrulhar peixe, era o que dizia a si mesma, se recusando a procurar emprego no ramo. Se distrai com as três moças nas catracas. Passam rindo, cada uma com o seu crachá. Joana está terminando Jornalismo, podia ser uma delas, se parece um pouco com a do meio. E se trabalhasse lá?

Na recepção diz que vai ver uma conhecida da mãe. Trabalha em Recursos Humanos. Só reencontra as pastilhas depois de um corredor apertado e cheio de quinas. Tem saudade de sentir a mão de criança dentro da mão da mãe. O toque morno de uma pessoa não existe se ela morre, e Joana agora sabe: tinha desperdiçado por anos essa condição de Petra, a de estar viva. Se sente vazia e, logo, pesada. A palavra pesar deve ter a ver com o que o corpo dela sente.

Passa um funcionário que ela evita encarar. Sobe a escadinha de meio andar, é assim que o prédio se junta ao do vizinho. O RH é lá. A funcionária sorri com cara de pena, sua mãe melhorou? Joana diz que está melhor, mas que tinha vindo também para saber de outra pessoa. Aí pergunta de um funcionário antigo do jornal, sem abrir que a pesquisa é sobre o pai dela.

* * *

A visita dá em nada. A moça não reconhece o nome. Não aparece no computador nem nas fichas físicas. Nunca trabalhou lá, nem prestou qualquer serviço avulso, na redação, no comercial ou em outro departamento.

Joana sai abraçada à bolsa e não repara mais no chão. O pai não é mesmo quem pensava. É estranho, mas se incomoda menos do que tinha imaginado. A falta dele agora é tão, tão menor do que o risco de perder a mãe. Quer a mãe dela, ponto. Ponto, não. Quer ela recuperada.

*

SÓ QUANDO SE ACOSTUMOU À LUZ Iacy percebeu o homem mais bem-vestido que já tinha visto. Chamo-me Luís, serei o seu mestre. Levantou-se, fez um meneio de cabeça e puxou uma cadeira para ela. Estavam à mesa de jantar. Vestida, penteada e de corpete, Iacy não se ajeitava. Tinha concordado que Naná a arrumasse ao saber que ia sair do quarto. Só tinha visto aquela parte da casa uma vez, no dia em que chegou. Olhou a mesa, sólida. Quantas pessoas para carregar uma daquelas, tão maior do que a de Balbina? Não contou as cadeiras, eram muitas. Longe da vista do mestre, seguiu com o dedo o relevo das volutas do assento de couro.

Mestre Luís falava como reinol, era um reinol, os sons embolados, chiava. Nem o avô espremia as palavras assim. Usava casaco, veste e culotes. Não passava calor? Iacy olhou de esguelha as janelas abertas da sala de jantar. Entre elas, Naná, alcaguete do velho. Mais adiante, a porta de fora. Se corresse. Mas tinha o vigia no umbral.

Tenho de prepará-la, escutou. Aplicando-se, Vossa Mercê logo colherá frutos. Iacy trocou de posição, o corpete incomodava, frutos? Mestre Luís disse que era grande a necessidade de que as mulheres estudassem. Ela pensou em Balbina, sabia de cura, de partos e mortes. Não estudou e tinha aprendido. Ele seguiu: principalmente as mães de família, como Vossa Mercê o será. As mães são as primeiras mestras.

Ela se lembrou do Quiririm, do beijo e de como queria caçar, podiam armar tocaia de noite. Planejava um novo beijo, dessa vez de madrugada. Mestre Luís pigarreou, o olhar dela tinha ido embora. Elevou a voz, até que prestasse atenção.

Começamos pela Fé, disse. Ler, escrever, Ortografia e Pontuação. Depois, Aritmética. Com tempo, História e a Carta Geográfica. Passou a ler correndo o dedo nas linhas manuscritas, mostrando que o que dizia saía dali. Iacy não era idiota. Não decifrava os laços e voltas das letras, mas sabia o que era ler.

Foi se deitar com as imagens na cabeça: a vista da janela, as rendas do punho do mestre e as letras no papel. Não quis dormir depois daquilo. Mestre Luís chegou a afirmar, como quem acredita no que diz, que, se as mulheres estudassem, aí é que se veria quem reinava. Devia ser para conquistar a confiança dela, desconfiou mais ainda. Podia não conhecer muita gente, mas homem nenhum ia dizer aquele tipo de coisa. Nem o Quiririm. Assim mesmo, a lição valeu: pôde ver o mundo pela janela.

* * *

A primeira letra era um cipó no varal. Chamava-se I. Começava com o volteio de cima, subia até o fio invisível do varal e descia maior, com outra volta no fim. Iacy tinha de repetir até acertar, mas se sentia desenhando cipó, cipó, cipó e não um começo de nome. A mão suava. O mestre só atrapalhou quando a corrigiu: a pena não se pega assim, terminas por parti-la. Olhou o papel borrado e os fiozinhos em filas. Cuidado, menina, que as letras fogem da página. Ouviu pela primeira vez a palavra garatuja.

O mestre levantava a sobrancelha, devia achar que ela tinha poucas luzes, não dizia aquilo do vigia? A tratava como se tivesse nascido quando vestiu saia. E o resto? Fazia flechas mais firmes e equilibradas do que as de Quiririm, e não só por isso sua pontaria era melhor. Usava a cabeça, se escondia, achava um caminho que estreitava até o porco-do-mato, o veado. Dirigia o amigo para ficar a favor do vento, ela ia contra. Se a aragem parasse, Quiririm assustava a caça. Ele aceitava porque dava certo.

Cipó, cipó, cipó.

O Cipó. Não via o cachorro desde a invasão do sítio. Agora se sentia o mutum que Quiririm prendeu, esperando para virar ensopado. Escutava do avô: uma donzela como tu não sai da casa, só vai à igreja. Mas nem à missa ia. Os músculos enfraqueciam, jejuava de desgosto, não subia em árvores e nem roçava. Mais um pouco ia ficar fraca como a neta de Dona Santa, que não servia para nada.

Iam perder a luz do sol, tinha sido um dia horroroso. O punho doía, sentiu cãibra nos dedos. Quase no final do papel, o mestre sorriu. É isso, agora repete. E ela conseguiu mais dez letras muito passáveis. Amanhã terás teu nome completo.

* * *

Iacy suou, mas dominou o nome. Com o tempo, se divertia rabiscando o abecedário e as primeiras palavras. O bom era descobrir para que servia cada letra. O B, por exemplo, era de bolo, de boi, de beleza (corou, talvez o mestre a achasse bonita) e de boneca, e de tudo que começasse com esse som. Balbina. Brontes também, infelizmente.

Também se esqueceu de fingir que os números não tinham graça.

O mestre fez colocarem barras de madeira na janela dela, assim podia ser aberta, que sem luz não se estuda. Com vista era melhor. Mas com ela fora da paisagem, a janela às vezes fazia mal. Viu o cavalo, o burro, as jabuticabeiras de flor branca, o vaivém dos administrados da-terra, os da roça, os dos animais, as aias com bacias de roupa, era outra vida. O ruim foi tentar conversar e não poder. Chamava alguém, e a pessoa nem olhava. Ordem do velho.

*

MORREU DE VONTADE quando Naná mostrou uma bacia cheia de jabuticabas pretas, quase arrebentando a casca. Iacy tinha acompanhado semana a semana as florzinhas brancas, depois os frutos verdes, cada vez maiores. Naná tinha dito já levo, antes de fechar a janela por fora. Mas, quando entrou, Iacy respondeu que jabuticaba é só no pé, não dá para subir de saia. Além disso, estou doente de novo. A culpa é da roupa, já disse. Onde estão as calças?

Naná fez que não ouviu. Iacy chamou para que chegasse perto, vem, experimenta o corpete. Podia ver na cara dela: o medo de ser flagrada com a vontade incontrolável de vestir uma peça tão fina, que a deixaria com a cintura perfeita. Naná acabou tirando a blusa. Iacy a ajudou com o corpete e gostou de ver a moça se esticando para olhar por todos os ângulos, à luz da candeia. Prometeu deixar o corpete para ela quando fugisse, em troca das calças.

Naná ficou quieta, só se olhando, e sorriu. Pelo menos não negou, o que Iacy achou o suficiente para celebrar. Atacou a bacia de jabuticaba e encheu o chão de casca, tentando sem muita determinação cuspir a sobra no balde.

* * *

Iacy voltou a comer direito depois que as aulas do mestre passaram a ter a hora do chá, com geleias e bolos. Talvez fosse o melhor do dia, conversavam, e ele a corrigia: como se sentava, como comia e o que dizia. Nunca tinha tido tanta atenção.

Ela só não gostou da reclamação de que falava como os daqui. O mestre achava os *as* e os *és* despudorados, mas ele é que falava estranho. Iacy deveria atravancar as palavras à moda do Reino e ouvia que aqui a língua de Camões se abastardou. A maior parte dos daqui fala o tupi, ele repetia, e viverá sem saber o Português. Disse que Iacy pelo menos conhecia a nossa língua (ainda que a usasse mal). Mas ele chegou a confidenciar que ele é quem estava a aprender a língua geral, quer dizer, algum vocabulário, como sabiá, que achava o pássaro de canto mais lindo, e pitanga.

Por mais que Iacy se irritasse com as exigências, as conversas até o escurecer só confirmavam: Mestre Luís gostava dela, pelo menos um pouco. Teve certeza ao derrubar a colher sem querer. Ele se abaixou para pegar e devolveu na hora. Aquele era um poder, fazer um homem se curvar por uma colher, apesar de o erro ter sido dela.

Deu vontade de testar Luís com outro erro, e escolheu um mais grave, fingiu ser desastrada e virou uma colher de geleia cor de púrpura nas calças claras dele. Luís não ficou bravo, raspou a geleia com o dedo e o lambeu. Logo ele, que reclamava que não se lambem os dedos à mesa. Iacy passou o dedo na colher e o lambeu.

Outra vez ela estragou a metade de uma folha preciosa de papel com palavras não só escritas a esmo, mas usando letras que nem existiam. Ele só tirou o papel dela e disse: agora olhamos o mapa. No fim da tarde, Iacy virou o chá, que encharcou os bolinhos. Ele não caía nas provocações, ao contrário de Quiririm, que terminava se engalfinhando com ela no chão.

Ser uma mulher talvez não fosse tão ruim. Embaixo da cama, escondida pela bainha da colcha, repetia o que fazia na gruta. Começou a pensar menos em Quiririm e mais em Luís. Disse a Naná que bordasse as blusas e as saias, e que trouxesse flores para o cabelo. Será que ele notava? Passou a andar como o mestre tinha ensinado, como uma pluma. Não que gostasse, fazia para agradar.

No dia em que Luís conduzia a mão dela no Z, maiúsculo e minúsculo, Iacy virou o rosto e o beijou. Acertou o canto da boca e o mestre se virou, procurando Naná. Pareceu aliviado quando ela entrou com os pãezinhos. Não tinha visto beijo nenhum.

Iacy esperava alguma reação dele. Não ralhou, não comentou, nem depois. Então ela começou a errar também na multiplicação. Suou na pena e voltou a borrar o papel, pensando naqueles punhos de renda, ou melhor, nas mãos que a renda vestia. Agora Iacy sempre usava corpete, e imaginava-o dizendo que fina a tua cintura, deixa-me ver, e ele iria conferir, e era fina mesmo. Mas ele não conferiu. Nunca encostou nela, a não ser para acertar a caligrafia, o que prometia muito, mas não dava em nada. Iacy precisava continuar investindo, só para tirar a teima de que quem sabe aquele Luís tinha mesmo era vocação para padre.

*

REAPRENDER A RESPIRAR DÁ MEDO. Petra escuta que é o desmame. Ganha alguma consciência. Chamem a minha filha (pensa, não diz), é Joana, tinha cabelinho curto, não tem mais. Chame, por favor, não sei se eu vivo e agora se não vivo morro sem fazermos as pazes as pazes precisam ser feitas assim pazes se fazem a gente é quem faz a paz porque sem isso não morro em paz que chamem Joana ela é minha filha não quero morrer, posso morrer. Mas, se não morrer agora, que respirar está difícil, quero ao menos uma semana com ela, é demais?

* * *

Não é bem assim que pensa, mas é perto: cinco, dois dias, dou uma perna e um braço e fico com a Joana. Me escutem.

* * *

Joana para no vão da porta e espia.

O sorriso de Petra parece maior que a cara, o que é lindo, mas de um jeito estranho. Petra tinha emagrecido demais, está uma caveira amorosa, e a pele parece brilhar por trás dos hematomas. Ela tenta falar, mas a garganta ferida não a deixa terminar a frase, que começa com filha, um filha que ainda soa arranhado e soprado, e termina com um gesto de vem cá. Sorri e aponta para a orquídea, que ainda está bonita.

Mãe, não diz nada. Não precisa.

Joana entra e pega na mão dela. Pega na mão e alisa o cabelo e a abraça, beija também, e uma lágrima aparece represada na beira do olho de Joana. Ela disfarça e funga. Diz Mãe de novo e olha para ela. Quer ficar pequena, pular no colo dela, mas Petra é quem ficou pequena.

Joana fica pouco tempo lá. Pouco para ela e para Petra. Escuta da assistente que é melhor voltar outra hora. Agora vem a fisioterapeuta. Depois banho e jantar. E essas palavras banho e jantar parecem tão corriqueiras, deve ter ouvido tudo errado, ela já pode comer? Como é isso? E banho, é banho de paninho, né?

* * *

Visita mesmo só acontece depois. O quarto é outro. Já tem até cara de quarto. Joana encontra Petra reclinada, com o cabelo em ordem, a cara quase sem inchaço, os lanhados são agora uma série de linhas paralelas no rosto e no corpo. São cascas, como se alguém a tivesse arado com um rastelo.

Como está no apartamento da sua avó?, Petra está menos magra, mas a voz ainda sai rouca.

O apê já ficou com cara de meu. Fica boa logo que aí você vê.

Joana começa a fazer planos pela primeira vez desde que desconfiou de que gostaria de um encontro no café. Vai se mudar por um tempo para a casa de Petra, alguém tem que cuidar dela. Vai levar a mãe para conhecer o seu apê. Precisa consertar a rodinha da cadeira capenga ou até, se der, comprar uma nova. Vai levar a mãe para almoçar no vegano, quer que conheça o lugar em que trabalha. Não precisam ir à faculdade: está terminando a mesma escola.

Joana se promete não falar mais a respeito do pai. Se um dia a Petra quiser, que conte. Mas agora, pra quê?

Petra sorri, Joana também e se senta na beira da cama. Petra estende os braços, Joana se aninha no peito dela, fim. Não precisam de mais nada, e a história poderia parar por aqui.

II. O duo latino, o número dois. Reza a perspectiva que duas retas paralelas só se encontrem no infinito.

*

EM ALGUM PONTO DO SÉCULO XX, O RIO VERDE foi rasgado em dois e enterrado. É o que Joana lê no mural de cortiça do escritório de Petra. O papel tem só essa frase, uma roda de café e uma foto em preto e branco pregada por cima. Faz ela esquecer um pouco a estranheza de voltar para a casa em que cresceu.

Na imagem, um senhor estica o braço para tocar uma parede com os dedos, também esticados. Ele se inclina: o teto da galeria é baixo. Olha para a câmera com o meio sorriso e o bigodinho. Talvez seja um engenheiro, orgulhoso com o muro que projetou. Aquele tem que ser o subsolo por onde passa o Rio Verde.

A foto é perfeita: antiga e com ângulos perfeitos. O braço, o chapéu de feltro e as sombras na parede se inclinam no mesmo ângulo. A gravata estampada pendura tão vertical quanto a parede de cimento e pedra.

Joana se apaixona pela foto e pelo homem com cara de filme dos anos 50. Poderia ser o pai do pai dela. Se tem um pai, tem que ter um avô paterno. Pelo menos a época combinava. Naquela família sem homens ela não conhece nem o pai de Petra. Morreu antes de ela nascer.

Chega de pensar no pai. Entre o homem e o muro, o córrego joga água por uma passagem do tamanho de uma boca de lobo. Como essa passagem faz a água a dobrar à direita, sobra uma espécie de laguinho.

Joana lê a legenda quase apagada: 1949-05-12, Rua Cardeal Arcoverde, canalização do córrego Verde, galeria subterrânea sob os prédios 1668 e 1662. Muito perto do apê dela. E exatamente no subsolo do estúdio de tatuagem. Tinha ido não fazia um mês. Não chegou a passar mais do que meia hora, procurando e não achando a imagem para o calcanhar. Esteve bem em cima de onde aquele homem tinha olhado para o fotógrafo, fazia uns setenta anos. E acima de um corguinho de nada. Aquele era o rio que tinha provocado a obsessão de Petra?

Lê a frase de novo: em algum ponto do século XX. Mesmo que o rio não tenha sido rasgado e enterrado de uma só vez, aquele parece o começo do projeto. Está na cara, o texto e a foto foram pendurados como guia. Como alguém que atira uma pedra e depois corre atrás.

A frase impressa faz Joana se sentir mal, talvez o nome disso seja ciúmes, tem inveja do rio. A mãe olha mais para o rio do que para ela, mas esse é um pensamento ridículo, o oposto do que poderia dizer para as amigas no bar, porque a mulher tem todo o direito, é o tempo dela. Só que se trata da própria mãe, e que quase morreu. Joana quer uma mãe que olhe para ela. Não é um pensamento, é uma sensação. Não dá nem para chamar de desejo.

Sai do escritório porque não está na casa atrás do trabalho de Petra. Foi buscar o mínimo de roupa e produtos pessoais para que o quarto do hospital fique com alguma cara de normalidade. Está para ir embora com a mochila cheia, mas para.

A estranheza volta. Nada se encaixa. Nem ela se encaixa mais lá. Não dá para encarar aquela casa como um mero imóvel. Também não é só um suporte para a memória: aqui ralei o joelho, meu botão caiu nessa fresta. Para no meio da sala e percebe algo familiar (apesar do cheiro de casa fechada). Esse algo talvez seja a coisa mais perto de descrever o que sente pela mãe, e isso evoca um vinil específico que ela encontra, abre a vitrola e põe para tocar.

*

VIERAM AS CHUVAS E O CALOR. Mestre Luís chamou Iacy para o chá. Apontou os pãezinhos chamados brioches, tinham ficado quase bons depois de ele ler a receita para a cozinheira, eram coisa de França. Iacy sabia reconhecer o reino no mapa.

O mestre falou mais do que de costume, como quem puxa conversa: tivemos um outubro divino, não? Iacy não reagiu, não tinha como chamar nenhum mês de divino enquanto estivesse trancada no quarto. Ele continuou: as jabuticabas maduras, os troncos parecem tomados por besouros negros, perfeitamente esféricos, já sabes o que é uma esfera, não? Mas já é dezembro, e termino mais essa atribuição.

O que ele queria dizer?

A menina Iacy progrediu de maneira espantosa, disse, o meu método se comprovou eficaz. Já dominas as letras, escreves com poucos erros e foste bem com a aritmética. De néscia não tens nada. Contou-me, até, da farinha de mandioca. É ralada e não moída. Quero ver se um saco dessa farinha se preserva bem na viagem.

Como?

Volto ao Reino.

O chá era o último, uma despedida.

Iacy deixou cair a xícara, de propósito. Naná recolhia os cacos enquanto Iacy olhava diferente para Luís, nem era tão bem apessoado, tinha sido um desperdício pensar nele. Ainda mais depois de ouvir que o aprendizado *dela* comprovava que o método *dele* operava milagres. Que se fosse, não ia fazer falta. Já tinha perdido a graça pensar nos punhos de renda. Naná que entregasse logo as calças velhas do irmão. Sem as aulas e sem o Brontes, ia ficar mais fácil escapar.

* * *

Ela voltou a passar os dias pensando em fugir, até que se animou: Naná entrou com sabão, toalhas e um paninho de esfregar. O vigia veio atrás, com uma tina, que encheu de água quente. Banho? Talvez fossem passear. Se fossem, ela poderia dar um jeito de fugir.

Estava lá fazia meses, e o máximo que recebia era a jarra com água, de manhã, para se lavar na bacia. Não reclamou, o banho já era um acontecimento, mesmo com os pés e os braços de fora. Logo ela que tomava banho no rio ou na queda d'água pelo menos uma vez por dia.

Entrar na água foi como reconhecer uma amiga, soltou o corpo. Era bom estar lá, como nas marolinhas do rio, o banho cedo para que Quiririm não visse ela sem roupa, ou mais tarde, de roupa mesmo, nas brincadeiras dos dois correndo: quem chegava primeiro, o salto na lagoinha e a água rodando. Mas aquilo estava bom demais, chamou Naná. Para que este banho? A moça sorriu, Nhô Brontes voltou.

Aquilo não era motivo.

Naná estendeu a barra de sabão e, como se não fosse importante, contou que Nhá Balbina e Quiririm estavam em um galpão da fazenda.

Como?

Não tinham ido para o desterro.

Se soubesse que era só sair e correr para encontrar os dois. Claro, não dava. Mas, se não estavam presos na aldeia ou desterrados, era sinal de que estavam em um cárcere só de Brontes, com o conhecimento do padre. Que ardessem no Inferno, principalmente o velho.

A moça esticou os lençóis e veio com uma conversinha de que os dois estavam lá como presente do Nhô Brontes. Não tinha como ser verdade, o velho não era de agrados. Iacy parou de esfregar o pé, com raiva do jeito de Naná. Tinha algo de diferente, varria o chão apressada, levantando poeira. Segurava o sorriso, parecia querer falar.

* * *

Não muito longe, Balbina e Quiririm acordaram com um susto. O peão abriu a porta com tanta força que bateu na parede com um estrondo. Tinham dormido no feno, como todas as noites, presos num canto do galpão mais afastado. A luz não entrava direito, mas a inhaca dos porcos sim. Tinham um balde de água e um balde para a sujeira deles próprios, que Quiririm podia carregar para fora de manhã, quando o peão trazia angu de mandioca, milho, ou até as cascas para os porcos. Isso se da casa grande não sobrasse comida de gente.

Mas o vigia não veio com comida. Mandou que saíssem e entregou roupas, sabão e panos. É para se lavar para os lados da nascente, vem que eu mostro. Não precisava, Balbina sabia bem. Foram pela trilha, o banho seria bem-vindo depois de meses na sujeira. O homem seguiu atrás, que não pensassem em escapar, mostrou o facão. Se um foge, o outro morre.

* * *

Foi estranho ver Brontes sorrir. Devia ser porque Iacy usava coque pela primeira vez e estava limpa e arrumada. Ele tirou o crucifixo de filigrana do bolsinho. Fez com que se virasse, mas de um jeito suave, como quem cuida, e o prendeu no pescoço dela, que pegou na joia e relaxou. Era da mãe, o resto importava menos.

Ele parecia outro, um fidalgo, mesmo que a roupa meio velha, de golas e mangas, fizesse a barriga saltar em dobras. Mas o que chamou a atenção foi uma adaga na cinta, como Iacy nunca tinha visto. Verde, com pedras preciosas. O punho era uma cabeça de cavalo.

Minha criança, ele disse. Nunca tinha falado com ela daquele jeito. Agora falta pouco, o noivo está apeando. O casamento é logo.

Que casamento?

Não sabe?, Naná sussurrou. O seu.

Iacy viu o triunfo besta na cara da Naná, que sabia fazia tempo. Sentiu o rosto pegar fogo. Casamento? Tinha perdido a madrinha, o amigo, a casa, a liberdade e dali a pouco ia virar mulher de alguém, tanto que escutou a voz do padre na sala de jantar, dando ordens, por aqui não, gira, puxa, puxa, agora vai. Levaram a mesa de jantar para fora.

Ia conhecer o noivo sem tempo para nada. E se não gostasse, como é que ia ser? Por isso o banho, mas banho se toma é no rio, e todos os dias. Quis o seu pedaço de rio. Talvez nunca mais fosse livre para chapinhar e sair feliz, com as calças ensopadas.

Dali a pouco ia conhecer o noivo: fedorento, bêbado e velho, devia ser alguém da idade do avô. O pouco tempo que ela e Naná passaram em pé, na sala, durou para sempre, até que Brontes entrou e disse, ríspido: se endireita que agora ele chegou mesmo.

*

O SILÊNCIO ANTES DA FAIXA CREPITA. Joana ainda adora o barulhinho do vinil, até porque era sinal de que as brincadeiras com Petra iam começar: tinha uma orquestra inteira dentro das caixas de som, e uma floresta também. No chão, as almofadas do sofá eram canoas, e as vassouras, remos. Elas eram as amazonas. Disparavam flechas, remavam e, quando a música acalmava, iam caçar e pescar. Depois, moqueavam.

Petra dizia, nessa sinfonia cabe a Floresta do Amazonas. E o nome do disco era esse mesmo. O primeiro momento vida-ou-morte era pegar o braço do toca-discos e acertar a agulha na faixa. Joana punha o LP para tocar quando queria chamar Petra, e ela vinha nos primeiros metais. Parecia música de cinema.

A Joana adulta acha que umas partes são exageradas e pode até rir da reação da amiga do colegial: que horror, essa música não é só chata, é brega. Escuta umas faixas e pula outras, ao contrário de quando era pequena, que ouvia tudo.

Se larga no sofá quando chega à canção que a mãe usava como de ninar, e ela pequena não entendia como uma música que começava por *Acorda vem ver a lua* servia para fazer dormir, mas adorava. Precisa dizer isso para a mãe, que com a voz estragada pela entubação talvez não cante mais. Pena que Petra não gravou. Odiava a própria voz.

Quando a soprano canta *Querida és linda e meiga* ela tira o braço da vitrola. Não é isso, está errado. Vai para o app. Quer uma versão parecida à voz de Petra. Só uma chega perto, mas a cantora é boa demais. Ninguém pode tomar o lugar da mãe.

Em vez de ir embora, Joana entra no quarto que era o dela e estranha a estante branca para a TV, dessas planejadas, e o sofá-cama sem braços. Nas próximas semanas vai dormir ali, até a mãe sarar de vez. Os móveis têm cara de vitrine, nada a ver com ela e nem com Petra. Revira as gavetas atrás das cartas do pai. O envelope onde estão foi tão reusado que o plástico transparente tinha as marcas das lições de casa de muitos anos. Se ajoelha e puxa a carta de cima. Percebe como a letra de mão tinha sido escrita com todo o cuidado para que uma criança entendesse.

As cartas apareceram depois do aniversário de sete anos, em que ninguém a chamou para ver o pai. Joana foi cobrar de Petra: por que ele nem telefonava? A mãe começou outra história comprida e ela respondeu não sou mais neném, quero o meu pai. De verdade.

Na semana seguinte chegou uma carta. Era dia primeiro do mês, e a carta começava por Dia 1 — A gaivota escorregou.

É uma historinha. Quer que eu leia?

Deixa, eu sei sozinha.

Não era tão fluente, ainda mais com letra cursiva, mas acabou ficando. A ga-i-vo-ta es-corre-gou porque não que-ria voar de jei-to ne-ne-nhum.

Foi assim: uma carta nova por dia. No 31, A lagartixa perdeu o rabo (que ia crescer de novo) e Joana já conseguia ler mais fácil, até para prestar atenção à letra, no jeito de cortar os tês, para aprender e copiar. Quando Petra entrou no quarto, a encontrou escrevendo tatu, tatu, tatu com aquele t de trave inclinada como o telhado da casa delas, que só tinha uma água, e ela perguntou, amanhã tem carta nova?

Petra se abaixou e olhou para ela. Joana escutou: o seu pai não vem mais, essas cartas foram o que ele deixou para você. Mesmo firme, pareceu carinhosa.

Ele morreu?, como assim? Joana não quebrou outro vaso, foi ela quem se sentiu quebrada.

Não morreu. Só não vem mais. Ele continua te amando muito, seu pai e eu amamos você muito, e aquela era uma conversa parecida com a dos pais da amiga dela quando se separaram, só que a amiga passava os fins de semana com ele, no apart-hotel, e Joana não se lembrava de ter visto o pai cara a cara nem uma vez.

Não é que estivesse conformada, até porque aos sete virou oficial: não tinha pai, quer dizer, não desses de se esperar por ele. Mas ia para a cama e lia a carta de cada dia (dia 5, carta 5). Ela mesma tinha inventado a regra de só poder ler a carta do dia certo. Só lia duas no último dia do mês se fosse dos meses sem o 31. Em fevereiro, então, quatro cartas. Aos poucos ficou grande para as historinhas, que esqueceu na gaveta.

Os olhos da Joana adulta empoçam. Junta as coisas e sai. Precisa ir já para o hospital. Quer a mãe dela.

*

O NOIVO ABAIXOU A CABEÇA o suficiente para passar pelo vão da porta. Cumprimentou Brontes e fez uma mesura para Iacy, com um sorriso dos que incomodam. Aí se virou para o avô e deu as costas para ela.

Iacy nunca tinha usado a palavra bonito para um homem. Quiririm era Quiririm. Os poucos homens que viu poderiam ser chamados de feios. Até o Mestre agora era quase feio. Na aula tinha visto um cavalo bonito pela janela. Todo castanho. Aquele homem era bronzeado, castanho também. A barba e os cabelos. Não o encarou, usou o canto do olho. Nada dos trajes do Mestre Luís, que combinavam com mesa e cadeira. O homem vinha em roupa de viagem e tinha cara de dono de tudo, até do avô dela.

Agora vai para o quarto, escutou de Brontes. Queremos uma noivinha descansada.

Iacy não gostou do jeito com que ele falou. Não dava para descansar. Esquadrinhou a janela. A folha cega ainda só se abria por fora. Se tivesse uma faca, poderia erguer a tramela. Mas com as barras não adiantava. Lembrou-se da adaga do avô, a do cabo de cavalo, precisava de um cavalo para fugir. Pensou em se esconder. Atrás da porta ou embaixo da cama não ia funcionar. Deitou-se, mas não sossegou.

Naná entrou com um ramalhete e não percebeu Iacy exausta. Desmanchou o coque pequeno, escovou bem e foi remontando o penteado. Iacy deixou o corpo ser cuidado enquanto pensava em uma solução. Talvez se morresse. Podia puxar a adaga da cinta de Brontes e acertar o próprio coração. Mas, ridículo, como acertar o coração? E, se acertasse, como ficariam a madrinha e Quiririm? Ao se matar, Iacy ia sair de um inferno para entrar no verdadeiro, que aquilo era pecado. Nem pensar.

Naná terminou o coque e entregou um espelho de mão. Iacy ignorou. Foi de Nhá Rita, é de prata, olha. Ao escutar o nome da mãe, levantou o espelho depressa. Viu o crucifixo no pescoço. Talvez a joia a fizesse ficar parecida com ela. Fez força para enxergar a mãe no reflexo, mas viu a si, quase uma mulher. Virou o rosto e conseguiu ver o coque com flores brancas de araçá. Tão delicadas, logo estariam murchas.

Era capaz que ali existisse um poder, como o que fazia o mestre pegar coisas que ela deixava cair, ou como o da prometida do Reino, que vira na aldeia, talvez o marido a tratasse bem. Se bem que no caso de Iacy podia não ser preciso conquistar as boas graças do noivo. Era bonito, difícil imaginar qualquer coisa de ruim da parte dele. Se pudesse continuar com Balbina e Quiririm, talvez a vida de casada não fosse tão terrível. Se viu bonita no espelho. Isso parecia fazer diferença. Poderia tentar agir como as mulheres, o mestre falava muito de suavidade e paciência. Mas ela não tinha jeito para aquelas virtudes insuportáveis.

* * *

Brontes conduziu Iacy como se merecesse ser chamado de avô. Ela não reagiu, não era a hora. Tinham levado a mesa para baixo de uma das figueiras ocas para servir de altar, com toalha de renda, círios e um grande crucifixo de prata. O Padre Veniaga e o noivo estavam lá. Escutou um novo som, metálico. Um homem de pele preta, era assim um negro d'África, estava sentado um pouco atrás num tamborete. Dedilhava a viola. As notas rendilhavam no ar como se fossem do mesmo material que a filigrana da cruz. Talvez a música dos anjos fosse daquele jeito. Não teve tempo de aproveitar, ouviu do avô que era parte do dote dela. A viola? A viola e o negro.

O velho estava presenteando o noivo, talvez ela também fosse um presente. Nada parecia real. Até que viu dois vultos estranhos, porque eram os mesmos e, ao mesmo tempo, outros: a madrinha e o Quiririm, emagrecidos e sem cor. O corpo mal começou o impulso de correr para eles, e o avô agarrou o braço. No caso da madrinha e de Quiririm, o presente era poder vê-los, mas de longe.

Balbina parecia uma bruxa. De tanto a acusarem, ficou como elas, mas muito fraca, não tinha como ameaçar ninguém. Era uma velhinha. Perdera cabelo, sobravam uns fios. Quiririm estava magro e com o pescoço curvo, os olhos fundos. Não deu tempo para pensar mais neles, Brontes a puxou para a cerimônia. Estava começando.

Gonçalo. Ouvir o padre dizer o nome do noivo daquele jeito, Iacy no altar, era como estar no fundo de uma lagoa e ver o céu acima da água e não conseguir sair para tomar fôlego. Assistiu ao casamento como se não fosse o seu. Quando dançaram ao som da viola, ela achou que talvez não fosse ruim, um minueto bem-comportado, com idas e vindas, se esforçou para não errar. Um grupo forçou o ritmo com palmas, abafando a violinha, e acabou acelerando a música, virou tropel. Gonçalo puxou Iacy, rodopiaram, ela ficou tonta. Levantou-a pela cintura. Aquilo era bom.

Terminou a comida da festa, uma panela grande de virado: um pouquinho de feijão nos cantos, os ossos das bistecas, marcas de gema. Linguiça não sobrou. Acabou a bebida, o vinho e depois a aguardente. Foram todos embora. Anoitecia.

* * *

Naná deu o último toque na mesa de cabeceira do quarto de hóspedes: encheu o vaso pesado de estanho com uma braçada de rosas. O quarto saía direto no alpendre, sem ligação com o interior da casa. Cada peça tinha sido polida. Os travesseiros, afofados e recheados com um pouco de alecrim e vestidos com a melhor roupa de cama.

Gonçalo tangia Iacy, empurrava a cintura de leve. Ela já ria, achando graça em ter marido. Mas ele mudou de cara assim que fechou a porta. Acabou o sorriso, virou ela de costas e a jogou contra a cama. Agarrou a cintura, forçou que ficasse de quatro e, com a outra mão, arrancou a roupa de baixo. Iacy não teve como lutar, ele era muito mais forte. Tentou dizer que fosse devagar. Lembrou dos porcos na cruza, os cachorros na cruza, o cavalo entrou nela. Doeu.

Continuou doendo, estocada a estocada, e mais forte. Gritou, chamou por Naná, por ajuda, que a estavam matando. Ele tapou a boca de Iacy, que ainda tentou morder, não conseguiu. Ela perdeu o fôlego, talvez desmaiasse. Seria bom não passar por aquilo acordada. Gonçalo insistiu cada vez mais e mais rápido, até que parou, com um suspiro, e caiu na cama ao lado dela.

Iacy não pensou. Agarrou o vaso e golpeou a cabeça dele com toda a força. Abriu um rasgo na testa. Gonçalo ficou surpreso, tonteou, ela montou em cima dele e repetiu o golpe, as rosas se espalhando, o espinho na cara, a água na cama, ele ainda tentou se levantar, caiu. Segurou o braço dela, ela trocou o vaso de mão, bateu no braço também, ele soltou. Gonçalo foi fraquejando. Iacy socou com o vaso cada vez mais rápido e mais forte: no nariz, na cara, na cabeça. Gonçalo desacordado e o sangue misturado com o dela no lençol, o nariz torto, um dente solto e o cabelo empapado.

* * *

Brontes chegou à porta. Parecia que o genro estúpido não se limitava a agarrar uma potranca à força no primeiro dia. E se a matasse, mesmo por descuido? Se Iacy morresse, acabava a possibilidade de que testemunhasse um descendente legítimo. Ergueu o punho, não muito certo de que bateria à porta, mas antes ela se abriu.

Era Iacy. Saiu para o alpendre com o vaso na mão, passou pelo avô, já estava no quintal. Brontes, ainda com a roupa do casamento, reparou na quina vermelha do estanho, com resto de sebo e carne pisada. Correu para dentro, Gonçalo não respondia e mal respirava. O velho saiu fumegando, gritou rapariga imbecil. Deu um safanão tão forte que ela caiu, mas não soltou o vaso. Continuou a esbravejar que ela tinha puxado ao pai. Teu pai mereceu cada facada que eu dei nele. Sangue ruim.

* * *

Ela caída no chão já não escutava coisa nenhuma, principalmente a voz do velho. Então aquela era a história da morte do pai, o avô tinha matado? Iacy crescera com o segredo, os sussurros, como se tivesse algo errado com ela, em querer saber. Balbina e Rubem desconversando. O pai? Morreu na beira do rio, bem no Morcego, na tempestade. De quê, de raio? Agora descobria que de faca, e pela mão do avô, e mais um pouco os sons voltaram todos, o vento, o velho bufando e o i-i-i da seriema.

Se levantou e ergueu o braço, ameaçando o Brontes com o vaso. Ele era forte, embestou furioso para cima dela, que tentou acertar a cara do avô. O velho desviou do golpe e arrancou-lhe o vaso da mão.

Foi rápido. Ao desviar, Brontes expôs a cintura, as banhas estufando a camisa por cima do cinto. Iacy esticou o braço e puxou a adaga do avô, talvez Naná tenha gritado não, Brontes protegeu o flanco. Iacy preparou o golpe e acertou o pescoço do velho de primeira. Galinha ao molho pardo, receita de Balbina que Rita fazia tão bem, expor o pescoço, cortar a veia, pendurar. O sangue se escorre é na bacia. Diz que a mãe estava a preparar uma galinha assim, como remédio, quando Iacy começou a nascer e ela a morrer. O pai tinha morrido quase na mesma hora.

Morre, desgraçado. Isso ela pensou para o velho, mas não disse.

* * *

Brontes pôs a mão no pescoço. Não acreditou no sangue. Viu Iacy se afastando com a adaga de jade. Tentou ordenar que voltasse, mas o que saiu foi um balbucio.

*

ATÉ A ROUQUIDÃO MELHOROU. Petra se sente bem, apesar de não ter achado ruim ter a desculpa para ficar quieta. Tinha tanta coisa para acertar com Joana. Ficou difícil ser mãe dela depois dos treze, tão difícil que não se lembra de uma cena da adolescência da filha, foi um borrão.

Não, Petra se corrige, não é difícil pescar cenas dentro do borrão. São muitas. Só não tem a ver entrar no assunto com Joana agora. Tinham perdido muito tempo. Se lembra dos quinze anos, das dezoito horas em que a filha ficou desaparecida: o cheiro da delegacia, a resposta de que não iriam procurar, 99% das vezes a jovem volta, que não se preocupasse. Isso dito sem respeito, com o sorrisinho que Petra leu como: sua filha está dando por aí, vai voltar satisfeita. O nojo da ideia, escrita na cara do escrevente. Petra emendou a lembrança com outro dia em que Joana, ainda menor, subiu no telhado e ficou quieta, escondida por horas. Só apareceu quando veio chuva. Já estava escuro.

E tinha os silêncios. Para Joana, qualquer atitude de mãe caía mal, como se Petra errasse de propósito, como se pudesse ter feito muito mais por ela e só não fez porque não quis. Era daquelas meninas tipo lagoa: tudo liso, você não vê marola na superfície, até que monstro pula e te devora, e a culpa é sua, e você não entende o que fez para ela estar daquele jeito.

Não é para falar dessas coisas, Joana já é outra. Quem vê agora não tem noção. Todo adolescente é um saco, e ela foi. Xingava Petra de criançona e fazia questão de mostrar que a mãe estava sempre aquém do que esperava. Petra não sabia coisa nenhuma, se vestia de piranha ou de professora, qualquer ensinamento que tentasse transmitir era recebido com Joana rolando os olhos.

Depois das acusações, vinha a história do pai. Petra não tinha o que dizer, dava mais raiva. Até os sete a criança engole qualquer coisa. Mas ia ser um insulto à inteligência de Joana continuar com truques como: seu pai veio de noite, que pena, você estava dormindo. As cartas compraram um tempo extra. Depois foi impossível: não teve conversa que resolvesse, inventada ou não. O jeito foi aguentar a adolescência até o começo da faculdade e que desembocou no que até hoje machuca Petra. E deve machucar Joana também, pelo menos é o que ela espera. Não ia suportar que a filha tivesse passado bem, até melhor, no tempo em que estiveram separadas.

Na adolescência, Joana repetia que Petra não dava lugar para outra mulher em casa, que competia mais do que a pior colega dela, a metida a fashionista. Petra se incomodava, com que valores estava crescendo? Se deixasse, ia virar menina de shopping, um baita desgosto. E agora pensa no jeito da filha. Óbvio que não, isso não tinha e nunca teve perigo. Taí um engano dela. Joana hoje é vegana e compra roupa de brechó. E nunca deixou de ler. Não precisava ter se assustado, devia é ter orgulho.

Foram mutualmente brutais, pensa, e formula a ideia de agressão mútua mais com o desejo de se ver ponderada do que como alguém que reconhece as próprias faltas. Também agrediu, mas só com a última frase antes de a filha sair de casa: *então pode ir para não voltar*.

Está na hora de tratar Joana como a adulta em que tinha se transformado. Uma jovem de primeira. O pensamento é de orgulho e também de muita tristeza. Perderam tempo. Talvez seja a hora de falar do pai.

*

IACY SÓ SE VIU SUJA DE SANGUE quando Naná chamou. Estava no meio do pasto e ainda segurava a adaga. Mesmo tremendo, pensava no passo seguinte. A lua cheia tinha acabado de nascer, não era a melhor noite para fugir. Enxergou a mata logo ali, depois do capim, com o jequitibá-rosa despontando. Se pudesse, desaparecia na árvore, passava a vida na copa, mas tinha de ir para o mais longe possível e o quanto antes. Bateu uma brisa, um urutau mãe-da-lua chorou.

Naná pediu que fosse logo se esconder, e Iacy mandou que parasse com aquela agitação. Teria visto que havia acertado Brontes? Olhou bem na cara da moça e disse: um matou o outro, foi o que aconteceu. Não viu? Fala isso a quem perguntar. Só isso. Gonçalo foi bruto, Nhô Brontes veio me defender, Gonçalo desarmou o meu avô. Diz que ele tomou o vaso na cara, mas acertou a facada no pescoço do velho. Cada um é culpado da morte do outro. Não sobrou ninguém para prender.

Iacy sabia, Brontes não defenderia ela de Gonçalo, mesmo se batesse para machucar, aquilo era assunto de cada marido. Mas e se Gonçalo estivesse matando ela? Aí, sim. Tanto que estava à porta. Fez Naná repetir: parece que Nhô Gonçalo ia matar a Sinhá. E entre uma repetição e outra foi acrescentando um grito, uma jura de morte, um estrondo. Iacy repetiu a mesma história, que foi ouvindo de volta de Naná, e com tanto detalhe, que ela mesma se convenceu. Agora espalha, e primeiro para o vigia. Prepara outro banho e traz logo a roupa do teu irmão.

Naná ia sair quando Iacy mandou que avisasse Balbina e Quiririm, que fossem para a nascente. Disse e desconfiou. Se ela delatasse, seriam pegos os três. Mas não tinha outro jeito.

* * *

A tina era a mesma da manhã, a água era nova, e Iacy, completamente outra. A outra pessoa de uma pessoa que um pouco mais cedo já se tinha percebido mudada. Agora, nem a moça daquela manhã ela era. Estranho como matar aconteceu e pronto. Foi como olhar para o lado quando limpava uma nojeira, esmagava uma aranha, ou matava uma cobra a pauladas. Mas o sangue parecia não sair das unhas. Como se livrar dele e mais ainda do caldo asqueroso de Gonçalo, que tinha escorrido entre as pernas e grudava na coxa? Se esfregou mais forte.

Matar foi como testemunhar outra pessoa agindo, outra que de verdade era muito ela, talvez mais ela do que a noiva de flor na cabeça ou o menino do sítio. Ninguém ia entender aquelas mortes. Seria perigoso ficar, nem que fosse para herdar a fazenda maldita. E percebeu com um calafrio que ela também devia ser maldita, do tipo que mata gente.

Naná, traz a tesoura. Corta logo, mostrou o cabelo.

Naná hesitou, e Iacy agarrou a tesoura. Fez o rabo-de-cavalo com uma mão. Com a outra, cortou quase de uma vez. Ficou um pouco abaixo da orelha, cabelo de rapaz. Agora me dá as calças e a camisa. Enrolou o peito com uma faixa.

Naná fez o sinal da cruz, e Iacy ordenou: ninguém pode saber que saí de calças. Diz que perdi a razão, que sumi à noite, devo ter ido por aí, que entrei pelo meio das árvores. Assim que eu for embora, pede ao vigia que mande uns homens para lá, pelo mato. E some com essa roupa, queima, enterra. O corpete é teu, mas por enquanto some com ele também.

* * *

Rever Balbina e Quiririm no clarão da lua deu um bolo na garganta. Estavam de pé atrás da nascente. Dava pena, Quiririm com uma faca grande demais para a magreza dele, e a madrinha com o aió a tiracolo, a bolsa tão esvaziada quanto ela.

Iacy correu para Balbina. Sentiu o osso do braço: um espeto com pele pendurada. Não eram de se abraçar, mas a madrinha estava viva, deu vontade. Ela tinha sido sempre mais para gorda, curando gente e pronta para qualquer trabalho pesado, e Brontes tinha deixado ela um esqueleto. O avô já devia estar na porta do Inferno. Merecia. Ele e o noivo cavalo.

Quiririm parecia encabulado. Iacy tinha sido a pequenininha da casa, tão mais nova que ele. Aí passou muito tempo como igual, e agora vinha uma distância, ela tinha virado adulta. Uma senhora casada, foi o que Iacy ouviu de Quiririm quando ela o abraçou, e ele pensou no beijo, outro dia mesmo. Viúva, ela corrigiu. Viúva.

A palavra era forte, se deu conta. Viúvas eram uma categoria à parte de mulher, podiam mais, mandavam. Principalmente as que tinham terras, e ali nasceu a semente de uma ideia. Nunca tinha pensado naquilo, mas um dia poderia voltar à fazenda. Não era lá que a mãe tinha crescido? Quem mais seria o dono, se não Iacy?

Os três saíram a pé, mantendo distância daquela perna do rio. Ouviram mais um mãe-da-lua e um tropel. Se abaixaram. Os cavaleiros passaram ao longe, ainda bem: a lua mostrava cada pedra, melhor sair dali. Cruzaram fora da trilha na direção da outra perna. A adaga que agora era de Iacy não prestava para abrir mato. Quiririm abriu caminho com um pau e a faca, mas a mata foi fechando. Acharam um trecho descampado, com capim cortando a canela. Pelo menos aparecia um mato baixo para se esconder se viesse perigo.

Balbina achou melhor não passarem nas ruínas do sítio dela, iriam procurar lá. Caminhava devagar, um pouco por fraqueza e outro tanto porque estava atenta às ervas. Tinha de recompor o seu estoque, ela e Quiririm não estavam bem. O aió não chegou a encher, estava tão cansada que foi desanimando.

Desceram até o Morcego desfazendo o caminho de Rubem e Balbina com Iacy recém-nascida. Quando subimos contigo pela primeira vez, era uma lua cheia como essa, disse Balbina. Iacy viu o rio correr tão tranquilo, um córrego, que não conseguiu imaginar o pai emboscado na tempestade. Seguiram para as ruínas da casa de Fernão e Rita, Iacy tinha nascido ali.

A casa da Balbina queimada, e agora isso. Parecia que os lugares da vida de Iacy se desfaziam. Mas, quando uma nuvem pesada tapou a lua, ela juntou pela primeira vez os pedaços da própria história. Era quem era.

*

A CAPELA DE PINHEIROS NÃO TINHA APARECIDO, e Iacy já pensava em sair da aldeia. O plano era pousar só naquela noite e seguir cedo para o sul, mais por cuidado do que por medo, que na hora não tinha. Estava tão atenta para qualquer ataque que se sentia bem, muito bem mesmo.

Matar gente era diferente de caçar. Tinha passado mal com a sangueira, verdade. Mas matar quando te atacam pode. E não é que ela pensasse nisso com as palavras tão claras. Pensava inteira, com o corpo. Se sentia forte. Caminhava com as pernas e os braços vivos como não estavam fazia meses e só não ia mais depressa para respeitar o ritmo de Balbina. Na trilha menos usada até Pinheiros, seguia entre os galhos, a folhagem morta no chão, a lama e as pedras. Enxergava a facada no velho, o dente solto do Gonçalo, e revivia a dor no meio das pernas. E tinha o futuro, uma vida diferente ia começar. Parecia a antiga só porque havia voltado a ser o Iacy de calças e porque tinha se reunido com a madrinha e Quiririm. Andando em fila com eles, se sentiu invencível. Não tinha dito a Naná que ia passar melhor de calças?

A sensação se desmanchou quando latiu o primeiro cachorro da aldeia, seguido pelo segundo e a cachorrada inteira. Aquilo não estava bom, Balbina podia ser bruxa mesmo, para fazer eles calarem a boca, mas a madrinha só apontou, falando baixo, que a última parenta dela em Pinheiros tinha sido uma prima, morou ali e já estava morta. Se apressaram para não chamar atenção.

Precisavam de pouso. Quiririm falou na Alba-puta, tomou a dianteira e foi conduzindo até a casa da lamparina sempre acesa, quase fora da aldeia, perto de onde o Obý desembocava no rio maior. Ela mesma veio abrir com uma vela na mão e o xale nos ombros. Não pareceu incomodada pelo chamado de Quiririm à janela, que disse só assim: sou eu. Ela devia gostar um pouco dele, Iacy pensou, ou muito.

Alba mostrou o quartinho separado da casa para que acampassem. Emprestou uma rede à Nhá Balbina, que aproveitou para perguntar de Rubem e comentou que tinham visto a casa dele vazia. Alba respondeu que Rubem terminou o conserto da ponte e saiu para o sertão. Não tinha notícia dele fazia tempo.

* * *

Havia acontecido coisa demais, e Iacy não achou jeito de contar a Balbina e Quiririm o que tinham sido aqueles meses. Foi bom que antes de adormecer a madrinha sussurrou a história da dona da casa.

Os pais de Alba estavam de passagem por Pinheiros quando a mãe começou um parto que não se resolvia. Eu ainda era moça, disse Balbina, morava na aldeia, me chamaram. Com a Providência e a custo, salvaram-se as duas. Agradeceram muito, queriam pagar, não tinham nada, e eu dizendo que não, não precisava. Resolveram batizar a menina de Balbina. Seguiram a viagem, e eu nunca mais soube deles. Quando a moça Balbina voltou a Pinheiros para ficar, já estava na vida desde muito cedo, a mãe tinha morrido, e o pai tinha sumido no sertão. Ela não me procurou, por vergonha ou respeito. E já tinha mudado o nome para Alba.

Balbina ficou quieta e adormeceu depois de suspirar. Iacy sobrou se revirando na esteira, sem conseguir pegar no sono. O pensamento saltou das mortes do noivo e do avô para Rubem. Quis o que não tinha jeito: que o padrinho estivesse ali. Depois se afligiu por estar em uma aldeia, lugar em que tudo se sabe; a notícia das mortes ia chegar logo, se já não tinha chegado. Na manhã seguinte era para não atrasar a saída. Aí pensou no besta do Quiririm, ressonando perto da porta.

Se incomodava de a Alba ter uma queda por ele? Claro que não. E pensou de um jeito tão veemente que até estranhou. Não. O tempo de gostar dele, assim de beijar, já tinha passado. Teve foi pena da puta, de verdade. Alba devia ter de aguentar muitos Gonçalos.

Tinha ouvido de Quiririm que toda moça puta era fácil porque era generosa. No caso foi verdade: repartiu a comida que era dela e das meninas da casa. E cedeu farinha de milho para a munição de boca da viagem. Iacy só adormeceu quando pensou de novo na Alba. Que bom que não teve o destino dela.

* * *

Ainda no escuro, Iacy já tinha enrolado a esteira e preparado os pacotes em trouxas. Teve que chamar a madrinha para saírem logo de viagem, estranhou que não estivesse de pé. Escutou o chiado e uma tosse de cachorro vindos da rede. Talvez os latidos da cachorrada tivessem pegado nela, Balbina não tinha fôlego nem para sair do quarto. Tremia e suava. A testa dela, escaldando. Abriu o aió e mostrou as ervas, eram poucas. Entre duas tosses, a madrinha apontou a de folhas escuras, que fizesse uma infusão.

Era um febrão, dos que chegam de uma hora para outra. Iacy passou a manhã dando chá de colherinha, talvez conseguissem sair à tarde. Mas a cara de Balbina não estava boa. Continuavam os cuidados, Alba mandou mel, as meninas davam palpite. Balbina mal dizia coisa com coisa.

Uma semana depois, não tinha melhorado. E se morresse?, escapar de Brontes para perder a única mãe que conheceu. A doença da madrinha devia ser a punição divina endereçada a ela, por ter matado. Olho por olho.

Alba entrou com a canja, e Iacy disfarçou o choro. A madrinha pareceu reagir, tomou até o fim. Iacy foi dando mais chá: de folhas, raízes e até um de casca de árvore. Mas um dia, depois de ter melhorado bastante, a madrinha acordou com tosse de caverna, já nem era de cachorro. Recaída é a pior coisa, ela mesma dizia, a doença vem em dobro. A erva estava no fim. Iacy virou o pote de cabeça para baixo e pegou as últimas folhinhas.

Não teve jeito, ia repor o estoque de ervas. Esperou o fim da tarde, depois da chuva, pegou o aió e foi para a porta. Uma das meninas perguntou: por que não vai o Quiririm? Entendia das ervas ainda menos, ia ficar com a Balbina.

*

O SAPO ESTÁ ROUCO porque coaxou demais. Era limoso e de língua-chicote, não perdoava mosca. Joana sobe a pé a ladeira até o hospital e se lembra da carta do dia 8. Tinha tantas, como a da cobra que rabeava só para um lado e andava em círculos; a do porco que se achava um cofre e engolia moedas; e do gavião sem bico que só comia papa. Sorri e nem percebe. As coisas da mãe estão na mochila, mas o importante está na bolsa de pano: as cartas do pai, enroladas no plástico como um papiro.

Não quer confrontar Petra, vai sondar. Nada de ser direta, mesmo querendo muito saber por que, no meio de tanta gente com pai e mãe (mesmo pai divorciado, ou morto, mesmo dois pais ou duas mães), justo o pai dela teve de ficar escondido. Torce para que Petra esteja num dia bom. Qualquer pressão vai ser injusta, ainda está frágil.

* * *

A cara de Petra é a melhor desde o afogamento. Joana pensa em esvaziar a mesa do lanche e espalhar as cartinhas.

Aí perguntaria, e essas cartas? Mas não. Abre a mochila, começa a tirar as coisas da mãe e a guardar no armário.

Queria fazer a voz mais suave possível, Fala do meu pai, só que fica quieta, abre a bolsa, desenrola o envelope plástico e tira uma carta. Abaixa a cabeça e lê em silêncio, só isso. Não foi planejado.

Da cama, Petra demora a entender o que acontece. No início não percebe o que seria o papel que Joana lê, até que desconfia. Deixa eu ver, diz.

A filha levanta o rosto.

É uma das cartinhas, não?

É.

Joana tira da mochila o envelope com o resto das cartas e entrega à mãe.

Petra não responde, sorri. Lê o trecho de uma. Larga, lê outra. Joana tenta não atrapalhar, tenta ler o rosto da mãe. É o que, saudade? Do pai? Dela pequena? Até que Petra diz:

O seu pai.

Joana se segura. A pausa da mãe parece não ter fim.

Petra continua: não tem como chamar ele de pai.

Joana não diz nada, não quer tirar aquela mulher tão fraca do prumo.

Ele não teve importância. Nenhuma.

(E pra mim, não teve importância?)

Não teve para você também.

Joana tenta continuar sem expressão. Faz força para construir um dique, uma barragem, para segurar o que sobe: o sangue à cabeça, o gosto ruim, a palavra porra, que diria a qualquer hora no verão em que brigaram. Como assim, a metade inteira do DNA dela não importa?

Se aguenta, porque brigar com aquela mãe é covarde. E também porque, se a lama da barragem rompe, pode enterrar as respostas ainda mais.

Petra puxa outra carta e diz: o seu pai.

Pode falar, mãe. Foi uma transa aleatória, né?

Outra pausa e Petra se apruma.

Tinha um monte de gente, a gente foi beber. Acabei ficando com um cara que eu pensei que fosse amigo do dono do bar. Tinha um sotaque.

De onde?

Não sei, estrangeiro.

A gente foi andando. Tinha ficado tarde, com a rua vazia. No fim rolou no carro dele.

Joana tenta apagar a imagem da mãe se pegando num Fusca.

Qual o nome dele?

Nunca soube. Podia ter ido atrás, falar com o dono do bar. Uns meses depois até tentei. Ele lembrava do cara, mas não era amigo, não conhecia direito. Foi só um gringo.

* * *

Então saber de tudo era só isso? O segredo gigante termina no nada, é quase uma não-história, uma anti como-você--conheceu-o-meu-pai. Pela primeira vez tem algo sólido ali. O tom de Petra parece verdadeiro, mais do que em qualquer história que já contou. Aquela *é* a história de Joana, do começo dela.

Sossega, mesmo decepcionada. É uma revelação com pouco fato. Fica a dúvida: talvez nem essa tenha sido a verdade completa. Tá, ela sabe: a verdade completa é inatingível, em qualquer caso. Mas será que a mãe ainda esconde alguma coisa?

As palavras mentirosa e patológica reaparecem. Quantas vezes não juntou Petra a elas, e na mesma frase? Olha aquela mulher que sobreviveu por milagre e logo se arrepende. Deve ter passado madrugadas escrevendo sobre vacas e cotias. A mãe dela não é o fim do mundo, ao contrário. E Joana não entende bem o que isso significa, onde o bom vira ruim e vice-versa.

O que você faz quando descobre que o seu pai é uma ficção, que foi assim a vida toda? As pistas estavam lá. Só não tinha percebido o tamanho da construção de Petra, recriada a cada dia, a ponto de ela cometer o que deve ter sido um crime: botar nome falso na certidão. Mentirosa patológica pode ser forte. Teria feito diferente se estivesse no lugar dela, teria aberto o jogo? Sim. Mas não é bem isso.

Não consegue pensar no que faria, até porque ama aquele pai de papel, tinha amado, tinha odiado também. E agora, pela enésima vez, a Petra (se corrige, a minha mãe) vem e puxa o tapete. O que sobrou? Uma coleção de memórias infantis de um pai que não existiu.

Que mal tinha dizer: você é minha filha, ponto; não sei quem é o seu pai. Tá cheio de gente que também não sabe.

Por outro lado, Petra tinha construído um pai e uma trama, cada dia um ponto, por anos. Eram mentiras entrelaçadas que mantiveram o pai vivo. Tinha amor ali. Joana não sabe se fica grata ou condena.

Não está pronta para perdoar, tipo abraça, beija e fica tudo bem. Não fica. Não consegue retomar a vida em que tudo isso estava enterrado; o cotidiano que tocava com o mínimo de marola. Porque bastava estar de pé, ir para a faculdade, para o trabalho, tudo nos trilhos. Mas agora.

Que loucura, mãe. Isso foi você?, aponta para as cartinhas.

Petra sorri. Parece um pedido de desculpas, e tem carinho no sorriso. Tem também orgulho, não é que as cartas ficaram boas?

A verdade é que você puxou mesmo os olhos dele, filha.

Filha. Petra é a mãe, Joana é a filha, e tem algo de muito bom nessa ideia.

Joana recolhe as cartas. Sobra um resto de vontade de brigar, é melhor sair antes. Continua sem entender a mãe, apesar de ter tido vontade de parar tudo só para abraçá-la.

A ajudante de enfermagem entra falando. Não tem noção do que tinha acontecido agorinha naquele quarto. Ajeita o travesseiro e fala da comida. Joana não consegue esconder a irritação com a mulher que mexe na mãe com mais intimidade do que ela.

*

QUANDO IACY SAIU ATRÁS das ervas, fazia muito tempo que estavam em Pinheiros. Teve a doença e a melhora da Balbina, e de novo tinha vindo a piora. Iacy nunca tinha ido à rua: a notícia das mortes do Obý tinha começado no dia seguinte, e o falatório não parou, era o que diziam as meninas da Alba.

De calças, como tinha estado desde a saída da fazenda, Iacy saiu no fim do dia e tentou não ser notada. Foi desviando das poças, andou nem uma dúzia de passos e já estava fora da aldeia. Primeiro achou os caiapiás. Lembrava daquelas raízes e folhas, encheu meia bolsa. Se afastou e foi reconhecendo plantas da Balbina: um chá, raízes e matinhos. Aí se lembrou dos pinheiros, pegou cascas, pinhas e mais o ramo de um pinheirinho novo. A Balbina ia ver o que prestava. Acomodou tudo no aió agora enorme, pendurado a tiracolo.

Foi voltando quase no escuro, estava anoitecendo. Desviou de uma poça e escutou êh, quem vem lá. Não era pergunta, era uma ameaça. Dois reinóis, um pesadão, outro menor, não deviam ser muito mais velhos do que ela. Pareciam ter bebido, o que não queria dizer que estavam fracos. O grande puxou a faca. Iacy só tinha a foice de erva da Balbina, bem pequena. Como não tinha pegado uma faca na hora de sair? A foice não ia ajudar, mas empunhou assim mesmo, atrás das costas.

O que tem na bolsa? Só mato, não mentiu. Tentou uma voz grossa, mas a que saiu era de um menininho. Se não caísse no lado bom deles, ia se dar mal.

O menor puxou o aió com força, a alça rasgou. Abriu e viu as ervas e as raízes, porcaria. Jogou a bolsa no chão, pisou, e quase no mesmo movimento olhou Iacy bem nos olhos. Esse rapaz aqui, riu, mais parece uma menininha. É uma menininha.

Pronto, descobriram. Iacy deu um passo atrás pensando em como fugir, mais um pouco eles iam chamar a aldeia inteira, podia virar uma daquelas pessoas arrastadas até a frente da igreja, gente que o povaréu empurra e puxa até tirar a roupa, gente pelada segurando as vergonhas e apanhando de chute até o linchamento completo. Ninguém ia conseguir parar uma turba babando de raiva, nem um padre, nem um capitão. Talvez até concordassem, deixa morrer, ao ver um menino sem as partes de macho, pode que enfeitiçado ou até feiticeiro, o aió com as ervas ia ser mais uma prova.

Não importa o que seja, vai ser a nossa menininha agora.

Iacy percebeu: ninguém a tinha desmascarado. Os dois moços xingavam de mulher o que achavam que fosse um menino. O grande apontou a faca e deu um safanão no menor. Primeiro eu, passou à frente. Ela atacou o rosto dele com a foice de erva, para acertar a cara, até um olho. O rapaz afastou a foice com a mão livre e espetou Iacy com a faca, no meio do rosto. Pegou na bochecha, ela sentiu queimar. Tentou fugir, mas caiu quando o menor a empurrou e se jogou em cima dela.

Iacy de bruços no chão, com a cara na poça. Agora eu morro, prendeu a respiração, e de morte estúpida. Como quase aconteceu no dia em que, criança, recebeu o empurrão de Quiririm e caiu na água. Era brincadeira. Ele pensou que Iacy ia nadar como qualquer bicho. Iacy engasgou, engoliu água, até que ele pulou e a salvou.

Ela agora lutava para tirar a cara da poça. Ergueu o pescoço o suficiente para tomar ar, caiu de novo na água suja. Serpenteou num espasmo, se moveu para o lado, mas não o suficiente. Rabeou mais uma vez e conseguiu. Ficou no seco, mas continuava no chão, engasgada e com o joelho do rapaz por cima. Ele puxou a roupa de Iacy, as calças estavam com nó cego. Chamou o grande para ajudar, que disse sai e veio com a faca para cortar o nó.

Apareceu um viajante e gritou larga. Chegou correndo, com mais um. O primeiro acertou o grandalhão com o porrete. Sorte, ele estava para cortar o nó da calça, ia rasgar a barriga também. A porretada pegou na coxa, foi só um aviso. Se quisesse, acertava a cabeça, até matava. Não precisou bater no outro. Os rapazes correram como deu, o maior mancando, e os viajantes continuaram a gritar covarde, vai, corre, até desaparecerem. Iacy pegou a bolsa e a foice e se escondeu na moita até que saíssem. Voltou de perna bamba e cuspindo água com terra. A cara doeu de verdade, sangrava.

* * *

A mais velha da Alba abriu a porta para Iacy e gritou de um jeito que as outras vieram correndo. Uma disse: tão bonita, ainda bem que é furo e não corte. A madrinha escutou e mesmo doente levantou da rede para comandar a cura, pega aquilo, agora lava. A água da bacia ficou turva. Chegou a vista perto da bochecha, examinou o furo com os dedos em pinça, pareciam três rasgos pequenos, coisa de faca cega. Pediu aguardente e também agulha e linha. Parou um pouco para tossir e mandou Iacy beber: bebe mais. Isso, mais. Ela aguentou. Quando deu os pontos, Iacy só deixou cair uma lágrima. Mas nem foi ela que chorou, foi o olho. Depois a Balbina pilou as folhas do caiapiá na aguardente e colocou sobre a ferida.

A madrinha continuava com febre. Pelo menos as duas recebiam tratamento, foi o que disse, já mandando cozinhar o caiapiá e falando que as plantas devem ter guiado Iacy, ou a Providência Divina. Tinha trazido direitinho as ervas curandeiras, fora uma folhagem grossa que não prestava. Iacy começou a tiritar, a febre não cedia. Balbina avisou: às vezes piora, antes.

* * *

Iacy viu o Demônio de asas e chifres num trono alto com degraus. Aqui embaixo as cobras eram os súditos e o adoravam. Precisava subir a escadaria, tinha um pedido, mas as serpentes se enrodilharam nos pés dela. Foi difícil chegar, patinava em sangue.

Subiu os dois primeiros degraus e procurou mostrar respeito quando disse Satã, Lúcifer, Belzebu, meu lugar não é aqui. Foi um erro, tenho que voltar e resolver um assunto o mais depressa possível. O problema é que não conseguia lembrar qual era o assunto. Só não podia morrer tendo quebrado os Mandamentos, e duas vezes em dobro. Não matarás: matou dois. Honrarás pai e mãe: um avô é pai duas vezes. Se bem que honrou o pai matando o avô, agora era o caso de conta de menos. Teria esquecido a aritmética do Mestre Luís?

Não falava coisa com coisa. Ou, ao contrário, estava com uma lucidez perfeita, porque merecia era ver o demônio e talvez ficar por lá pela eternidade. Balbina colocou uma toalha de água fresca na testa de Iacy. Tinha um coração batendo no lugar da ferida, como se alguém quente e agitado morasse na bochecha. Balbina foi se curando e não saiu do lado dela. As meninas vinham com a sopa, nem tocava. Um dia pediu o espelho, desconversaram.

* * *

Iacy só melhorou muito depois. Percebeu que se curava quando a fodelança voltou a incomodar. A palavra era do Quiririm, que fingia não ter ciúme da Alba. Para Iacy, falar assim só piorava a arfagem, o ruge-ruge e os cacarejos dos quartos da frente da casa.

Uma noite Iacy pulou da esteira: tinha escutado o noivo cavalo resfolegando com a Alba. Precisou cruzar o quintal e afastar a cortina do quarto para verificar que não. Era mais baixo, gordo e mais velho, apesar de forte. Depois a Alba ralhou: não era para entrar enquanto trabalhava. Ainda mais com Martim, o melhor cliente, o capitão de Pinheiros.

*

FALTA O FÔLEGO, Petra não respira direito. Mas não estava quase boa? Da parte dela está bem, de saúde e também com Joana. E essa falta de ar? Não deve ser nada. Inspira de leve, dói. Está muito consciente e próxima demais do afogamento. A dor no peito aumenta. Aperta o botão da enfermagem. Inspira de novo, e o ar machuca, raspa o caminho por dentro. Tem alguma coisa muito errada.

Petra se lembra de outro pânico, faz mais de vinte anos: o medo de ter engravidado. Ficou associado ao afresco num livro de museu. Era uma Anunciação: a Maria mocinha com o anjo Gabriel. É entubada mais uma vez. Agora não pode dizer que está acordada. Sabe-se lá onde está.

* * *

No dia em que fez o teste de gravidez, entrava um feixe oblíquo de luz pela janela, e Petra achou que tinha muito a ver, uma Anunciação só para ela, porque estava na cara, o teste ia dar positivo. As asas do anjo têm fieiras de penas, cada fieira uma cor. Se você fosse ao museu (e ela não tinha ido, mas sabia), veria que o artista tinha misturado uma coisa brilhante na tinta, talvez mica. Você caminha, a luz reflete diferente, e lá está o anjo.

Tem grávida que só falta brilhar. Petra tentou se sentir abençoada com o resultado positivo, e até se sentiu, um pouco. Só que o medo ganhava. Enquanto corria a agenda atrás do telefone da colega que tinha resolvido aquilo tirando o bebê, decidia que ia ser uma mãe excepcional, que não repetiria os erros que tinham feito com ela. E, ao mesmo tempo em que pensava nos erros, admitia, os da Dona Elma até que não tinham sido tão graves.

Só que se enterrou em trabalho e colocou a questão bebê no modo pausa, as semanas passaram, e os meses. Passaram tanto que, quando percebeu, tirar já não era uma opção.

Por essa época sentiu o primeiro chute forte. Um calcanhar de verdade. Até ali era como se um peixe nadasse dentro dela, um peixe que se movimentava como fazem as bolhas. Com o calcanhar, aquilo virou uma pessoa, e Petra virou mãe. Se lembra de ter sorrido: o calcanhar contra a costela; é do que uma pessoa precisa para virar mãe.

* * *

Tem um atendente batendo na veia de Petra. Ela escuta mais uma vez: entre a vida e a morte. Talvez ele ache mesmo que está no fim. Que pouco profissional dizer isso. Petra não sabe se a cena é real, se está desacordada ou em coma. Coma? Não. Não pode estar. Não chamaram Joana.

Mas espera. Uma cabeça desponta na porta. Pode ser ela.

Ou não.

De trás pra frente, é como Petra se sente. Do avesso e errada. Erramos. A sra. Petra nasceu e cometeu erro pra caramba. Mentira. A sra. Petra nasceu e cresceu e deu o máximo de si, veio contribuir positivamente para com (achava engraçado esse para com) a vida no planeta, o bem-estar do seu entorno, especialmente das pessoas a quem ela mais ama, mas os outros também. A sra. Petra tentou e quase conseguiu ser honesta, boa cidadã e não muito feia. Só um pouco. Vê como a sra. Petra tem humor?

A sra. Petra pôs uma pessoa no mundo e cuidou dela até o seu próprio limite, que, digamos, poderia ter sido mais amplo, o que sempre carcomeu ela de culpa. Por outro lado, talvez não deva existir alguém que seja mãe e não tenha culpa. Erramos, quem não? Também acertamos.

*

QUIRIRIM NÃO RECLAMOU dos meses com Alba. Tirou o atraso. A puta arrumou tempo para ficar com ele e ainda deu muito o que comer, mingaus e sopas. Foi encorpando, começou a cantar de galo e a pitar quando anoitecia, como se tivesse passado um dia de trabalho duro. Mas era muita gente para ela e as meninas sustentarem, isso ouviu de manhã, dito com um beijo. Ele se encheu de brio e foi arrumar trabalho com Lázaro, o centenário. A mulher dele era moça: vinte anos. Uma criança, perto do marido.

O sítio do velho ficava depois dos tijucos de lama. No primeiro dia as meninas da Alba festejaram quando Quiririm trouxe milho. No seguinte, apareceu com mandioca, então banana, maracujá, o que desse. Alba desconfiou, ele que não roubasse. Nem a roça e muito menos a mulher: que não se engraçasse. Lázaro era querido na aldeia, e Quiririm podia morrer esfolado. Ele jurou que não, mas acabou se entregando, tinha roubado um beijo da moça.

Alba disse que, se pegasse de novo o que não era dele, a moça incluída, ia ser rua na hora. Que não se enganasse, Nhá Balbina e Iacy também iriam mais cedo para o sul, mesmo doentes. Ele se afastou da moça e passou a trazer só a paga do trabalho. Completava com a pesca. Alba achou bom, mesmo nos dias em que não trazia nada.

* * *

Só doente Iacy puxava o assunto de fugir para o sul. Depois ficou boa, até engordou e esqueceu. Ela mesma desconfiou que estava achando desculpa. Fazia quantos meses? Nunca aparecia a hora de sair: todos curados, faltou comida; veio a comida, choveu demais; estiou e o quê?

Rubem contava que o caminho era um lamaçal coalhado de urubus, não por causa de bicho morto, mas porque os ladrões despedaçavam as vítimas e largavam os restos na beira da estrada. O que sobrava nem os urubus queriam. Iacy pensou se não estaria ficando covarde por adiar a viagem. Não estava. Tanto que na manhã seguinte ia andar pela aldeia. Se Quiririm podia, por que não ela? Os assassinatos do Obý já não eram assunto, tinham matado Rumina e os netos ao lado da capela. Aquilo sim era um acontecido ruim e perto. Nada mais ia segurar ela em casa.

* * *

Além das calças, Iacy saiu com o chapéu de abas grandes, esquecido por um cliente. O ar fresco na cara só não foi melhor porque estava consciente demais da cicatriz. Pelo espelho havia reconhecido na bochecha a letra Y das aulas do mestre. Caminhou escondendo o rosto. Não por vergonha, mas para não chamar atenção.

Sabia: já não era o Iacy-pode-tudo. Aquele tinha acabado na poça, com o ataque que desfez a coragem dela mais do que qualquer coisa. O avô tinha sido bruto, mas sabia parar antes de machucar feio. O noivo machucou, mas matar não mataria. Quase tinha morrido na várzea. Se deixassem, os rapazes teriam feito o que quisessem. Ganhava de Quiririm em muita coisa, mas era pequena perto dos homens.

Mesmo assim, tudo pareceu vivo na aldeia: o ar, o matinho e as poças. Iacy caminhava pisando firme e não como a pluma que o mestre exigia que fosse. Desviou da poça, pulou uma pedra e se distraiu com um menino de arco e flecha brincando de mira. Mira a porta, o cachorro, o bem-te-vi. Mira o padre, a pedra. O padre?

Iacy estava perto da capela, onde as casas se juntavam, e viu um séquito pela rua. Dizer séquito talvez fosse muito, eram dois criados com um toldo bragantino de sombra. Pensou bragantino sem saber o que era, mas a loja do pai da madrinha às vezes trazia tecidos das Índias e do Reino, e com brocados de ouro, contava Balbina nos partos difíceis. O toldo de borlas reluzia entre as fachadas de pau-a-pique. Quem vinha embaixo? O Padre Veniaga, diferente de quando era o sim-senhor do Brontes. Pisava como rico, com a cabeça alta e o anel para o beija. O que fazia lá?

Ela se esgueirou na caleja entre duas casas. Sentiu o coração querendo sair, de arrojão em arrojão. O grupo passou, e Iacy continuou uma estátua. O perigo estava na saída, à frente, mas o susto veio por trás: o acorde da viola de arame, tão perto que ao se virar deu com o violeiro e as veias vermelhas dos olhos dele. Era o negro do casamento. Iacy levou a mão à bainha da faca. Ele deu meia-volta e sumiu.

* * *

Cuidado, não faz nada, disse a madrinha, depois de ralhar que Iacy não tinha que estar na rua. O africano deve estar com o padre. Esperar não é agir, vou atrás dele. Bobagem, mais um pouco descobre quem és, se é que já não sabe.

Balbina foi dizendo e olhando os peitos de Iacy, as ancas. Depois de sarar tinha engordado depressa. Fazia quantos meses estavam lá? Cobrou as regras, têm vindo a cada lua? Iacy ficou quieta. Diz, não te vi estendendo paninho no varal. As regras? Balbina se maldizia, não percebeu. Logo ela, teria perdido o jeito depois da doença comprida? Iacy olhou irritada para fora, mais para fugir do assunto. Balbina viu o corpo de perfil, o cordão das calças meio solto. A menina tinha uma barriga bem começada.

Tens uma criança aí.

Como?

Mais um pouco, por rapaz não passas. Te apedrejam, como obra do demo.

Se a madrinha ficasse quieta, esperava uma criança? Só faltava. Tem gente que não serve para mãe. Talvez fosse dessas. Uma criança vir ao mundo é um milagre, mas precisava ter sido daquele jeito? A cria não é como as bonecas, ou os filhos que imaginava ter. Pensou no cabritinho, cuidou quando a cabra morreu, da surpresa com o coração batendo, sem Iacy não teria vingado. E agora ela é que tinha alguém vivo na barriga. Não podia. Logo não caberia nas calças e nem conseguia vestir saia. Só aceitou o vestido feito por Balbina quando as calças não passavam pelas ancas. Jurou: quando terminar, boto calças. Credo, menina, mãe e de calças?

* * *

A irritação de Iacy cresceu com a barriga. Queria não ter de sangrar com a lua? Pois não sangrava. E o preço foi estar prenha. Sentiu os peitos doídos, enormes. A quem tinha para reclamar? Já não era a menina na primeira regra, revoltada com a madrinha e com ter de se assear. Reclamar com Deus? Melhor não. Com Gonçalo e Brontes foi mais que reclamar. Mereceram. Sem eles, a barriga não existia.

No Morcego, de calças, havia entendido que *era quem era.* Mas e agora, vai ter de ser também uma mulher prenha? Se o mestre estivesse ali, ela iria avisando: não conte comigo andando feito pluma, nem aqui nem no Reino. Brigava com o corpo. Acordava de noite para se aliviar e estava tão grande que levantar da esteira ficava difícil. A barriga repuxava, ia estourar. Não tinha nascido para aquilo.

Era quem era. Essa ideia simples é que tinha sido ilusão. Iacy era muita coisa. Estava prenha. Era viúva. Sabia escrever e fazer contas. Tinha a faca do Brontes, o crucifixo da mãe. Tudo isso era novo, mesmo assim não ia deixar de ser bom caçador, esperto, rápido, amigo do Quiririm e afilhada de Balbina e Rubem. A madrinha não tinha a força de antes. Talvez não cuide da filha dela, ou do filho, como cuidou de Iacy. Até porque a mãe vai ser Iacy. Vou ser mãe, credo. E credo por pensar credo.

Quis que Rubem aparecesse, devia gostar de ver ela prenha. A pedido da madrinha, a Alba perguntava há meses sobre ele, e nenhum viajante sabia. Até que um Nhô Jão, de Goiás, entrou, bebeu e respondeu que a notícia não era boa. Vi Rubem morrer perto de uma lavra. A pipoca de um tinha pulado para a panela dele. Rubem bebendo, e contando causo daqui, do amigo Fernão, nem notou: pegou justo aquela pipoca e comeu. O sujeito não perdoou. Pegou ele desprevenido: matou com a colher de pau, pôu, pôu, pôu. Colher pesada, do tacho de doce. Alba fez ele ir embora.

A notícia estava dada. Em respeito, as meninas não trabalharam. Alba elogiou: Rubem tinha pouco, mas sempre deu mais do que podia. Vieram as outras, era bom na cama, sabia rir. Uma queria ter casado com ele, todas caíram na gargalhada, chamaram de viúva. Fizeram vigília de madrugada. De longe se ouviam as putas no ave-maria, pai-nosso e salve-rainha. Balbina não era de choro mas se emocionou. Iacy amassou o pão como se quisesse matar. Ao mesmo tempo, avisou: se a cria for homem, chamo de Rubem. Quiririm escutou e deu um sorriso triste que ela nunca tinha visto.

*

RECEPÇÃO DE UTI É QUE NEM RIO. Nunca é a mesma. Agora tem uma idosa de cabelo magenta. O contraste contra as nuvens cinza da janela muda tudo, e Joana pensa nela como bruxa curandeira. Um sopro na direção certa vai ter que dar para curar a mãe. Logo se desaponta porque ela toma o elevador. Joana não leva magia a sério, só chegou ao ponto de apelar para qualquer coisa. Pediu pela mãe para a Vó Elma, talvez conseguisse um milagre. Passou pela porta da capela ecumênica e não entrou.

Joana mastiga olhando para o chão, sem focar. É o último bocado do sanduíche de beringela. Termina o suco, foi o almoço. Agora só come de frente para a porta da UTI, não dá para ficar longe. Algo ruim vai acontecer se ela se afastar. Vai ao banheiro rapidinho. Na volta não tem o que fazer. Ler ficou difícil, não se concentra. Também não tem coragem de ouvir de novo os áudios da mãe. Nem haicai dá vontade, assusta um pouco, como se a cabeça dela fosse revelar o destino de Petra em três linhas.

Baixa uma foto de poucos dias antes do acidente. É Petra com um sorriso maroto ao lado do manequim do Batman. Joana o reconhece, é de uma loja no Beco. Presta atenção aos detalhes, as orelhas, a capa, a mãe dela bem que podia escapar dessa.

Passa mais um vulto, e ela levanta a cabeça. Vai conferindo cada um que sai da porta. Decide não olhar, se a médica tiver de aparecer, que venha. Sai mais alguém, e não confere: se segura com a cabeça baixa e examina a cara da mãe na selfie. Parece satisfeita, sorri da própria piada que é a companhia do Homem-Morcego. O vulto saído da porta se movimenta, Joana acaba cedendo. Confere de novo, e não é a médica.

Cruza as pernas e volta a olhar o chão. Agora foca o próprio pé. Está com a alpargata que usa pouco. Comprou com a de Petra no dia das mães, o último dia das mães que prestou. Depois a data estragou.

A alpargata de Joana é cor de charuto. Poderiam chamar de verde, marrom ou bege. A da mãe era vermelha, ninguém ia chamar de outra coisa. Alpargata vermelha ia ficar melhor contra aquele chão. Destacaria. Gasta um tempão girando o pé para que coincida com as linhas do piso preto e branco. A médica aparece. Deu para estabilizar, diz, mas balança a cabeça. Pode ser o sinal de *não prometo nada, é o que temos.*

* * *

Não deixam que a visite. Joana tenta reconstruir o rosto da mãe de memória e não consegue. A cabeça de Joana é uma bolsa vazia, ou um balão de aniversário murcho, ou a cadeira ainda capenga sem a rodinha, em casa. Precisa parar com essa mania de metáfora de falta. O antídoto: copo até a boca, barriga cheia, pé de jaboticaba carregado. Nada a preenche, não sente a si mesma. Talvez nunca mais abrace a mãe, Vai se desconjuntar. Olha o chão até desfocar. Isso consegue. Fazer a vista desfocar.

Não vou ter mais ninguém, a frase passa pela cabeça mas ela afasta. É mentira, não é sozinha. Tem as amigas, o Du, as primas no interior, o pessoal do vegano, da faculdade, não é que não tenha onde cair morta. Só quer a mãe salva. Se sente mais perto de Petra sem gente em volta tentando acalmá-la. Ontem escutou da médica: *rota da recuperação.* Se não está bom, é porque ainda não acabou, é um mantra. Petra é forte. Se corrige: a minha mãe é forte.

* * *

A recepção da UTI agora poderia ser chamada de ocupação. Joana trouxe tanta coisa que parece acampada. Tira o principal da mochila: a manta de quando era pequena, Petra tinha dado antes da briga; a caneca, tem pedido para o pessoal do café servir ali; e o caderninho sem pauta, onde anota tudo, da exigência de um documento do plano de saúde ao haicai mais recente. Lá também rabisca retratos de quem estiver por ali, sem olhar para o papel. É o que faz agora. O que aparece é exagerado, os óculos, o cabelo fora da cabeça, a boca má da moça no canto da sala. Também não é artista. Só gosta de desenhar desconhecidos, sem que eles percebam. Gosta do resultado bizarro.

A mochila pesa com os livros, mas ela tira só um, o do Boca do Inferno e, dele, só lê um soneto. Os versos ecoam quando ela faz qualquer outra coisa: *Pregue que a vida é emprestado... estado* ou *Já sei que a flor da formosura... usura/Será no fim desta jornada... nada*. Às vezes se deita e escuta a versão musicada do poema, é a cantora que lembra a mãe dela com *Acorda, vem ver a lua* (se a mãe tivesse uma voz bonita). Aí se enrola na mantinha e cai no sono no canto da recepção. Ninguém reclama.

*

FECHA A PORTA, diz Iacy. A janela também. Por quê? Por nada, só fecha. Precisava pensar. O negro d'África não saía de baixo da janela. Emendou o fim no começo, repetiu a toada tantas vezes que a menina da Alba abriu a porta. O que queria, comida? Se desse, talvez ele se fosse. O violeiro aceitou pão amolecido em água, comeu, mas não foi embora.

Quiririm ia sair, e Iacy segurou. Que não fosse, o negro estava lá. Tinham sido descobertos, sabia até onde moravam, e agora? Não dá para adiar, melhor ver o que ele quer. Eu vou, disse Quiririm. Não. Isso é assunto meu. Iacy abriu a porta, desceu dois passos, o vestido varreu o degrau atrás dela.

Achou que o homem estava troçando. Não parava de olhar a barriga, que suspendia a roupa na frente. Iacy perguntou o nome dele, para disfarçar. Me chamam Guiné, mas é de onde eu venho. O nome é Mandê. Ela sentiu vergonha de ter um segredo tão evidente, mas resistiu: te entrego, fujão.

Ele não se abalou. Chegou perto, era muito mais alto. O padre é que acha que vosmecê fugiu e que as mortes não foram como dizem. Vim para avisar, ele vai tomar as terras do Brontes.

A fazenda é minha. Não é mais do meu avô.

No sotaque fundo dele, Mandê respondeu que isso ainda ia se ver.

Iacy entrou estranhando o eco da frase, a fazenda é minha. Aquelas sempre tinham sido as terras malditas do Brontes, ou as terras do maldito Brontes. E para lá era a outra perna do rio, maldita e proibida, cheia de gente que não prestava, a começar pelo dono. Como podia agora? Sentiu a pressão do calcanhar da criança. Ter uma criatura na barriga podia mudar as coisas: quis a terra. Mesmo sabendo que era quase impossível conseguir.

Deviam achar que estava morta, louca, ou pior, caso o padre começasse a falar, iam chamar ela de assassina. Era possível que a presença dele na aldeia tivesse a ver com isso, tomar a fazenda. A Alba falou que se acalmasse, que o Capitão Martim estava para voltar, tanto que apareceu no dia seguinte.

* * *

Alba amaciou o capitão com aguardente e perguntou das terras do Brontes. Iacy vigiava do quarto ao lado. O quê? A pergunta pareceu deixar ele de mau humor. E a Alba: é que o padre de lá tomou conta. E o capitão: o padre veio com uma carta do Brontes, de próprio punho; que mui respeitosamente fosse reconhecido como legítimo proprietário das terras na perna oriental do rio Obý, dado que o dono não deixara herdeiros. Um testamento, sabe-se lá se forjado. Diz que, se não tivesse herdeiros legítimos e diretos, o padre deveria receber tudo, não só as terras. E a Alba: mas tem a herdeira.

A herdeira ficou louca, se embrenhou no mato. Deve estar morta. A irritação de Martim era evidente.

Iacy? Alba chamou, e ela hesitou um pouco antes de aparecer por detrás do vão.

O capitão olhou a barriga, chega mais.

Iacy foi com cuidado, aquele homem de dente pontudo não parecia ser alguém que a ajudaria. Martim a puxou pela mão, a última vez que um homem segurou o pulso dela deu naquilo, uma vida que não sabia por onde retomar, ela prenha e sem rumo. Ele a olhou como se quisesse extrair o Brontes do sangue, viu o nariz, a boca e o queixo. Ela desviou a vista, homem que olha fundo boa coisa não é. Ele apontou o crucifixo, o que é isso? Era da minha mãe. Tira a mão, quero ver.

O capitão examinou a joia de perto e a soltou. Recuou para ver Iacy melhor. A voz ficou aguda. Contou que parecia ontem, ele febril tiritando no mato, e o Brontes falando sem parar, só para mantê-lo vivo. Foi assim que ouviu de Francisca, rapariga de alta fidalguia; de que por ela Brontes tinha ido à loja perto do cais, em Lisboa, e que lá encontrou o crucifixo de filigrana de prata. Esse mesmo. De que o avô também tinha comprado uma adaga de jade, deixava em casa trancada, era mais enfeite que arma. Iacy engoliu em seco. De como Francisca se agarrava àquela cruz, carregada na rede pelos negros-da-terra, serra acima, e de como morreu não muitos meses depois de parir a que viria a ser a mãe desta rapariga diante dele, ela própria prenha de um herdeiro de Brontes. A voz pareceu emocionada. Se maldisse por estar em Sam Vicente no dia do casamento, talvez pudesse ter evitado a tragédia.

Iacy ia defender a posse das terras, invocar a cria e não precisou. Martim entrou numa reminiscência do tempo das entradas, de Brontes ter acertado quem o frechou, de ter sido curado por ele no mato, de que devia a ele; da quantidade de índios que prearam juntos, quando ainda se fazia isso sem precisar de padre. Que o Padre Veniaga, e nesse momento pareceu se controlar para não dizer demais. Ficou evidente que não ia com os cornos daquele homem. Iacy pensou que talvez tivesse lhe roubado alguma coisa.

Martim se virou para a Alba: dispensa a menina e deixa que eu vejo isso. Foi puxando a puta pela mão, coxeando de leve.

* * *

Mandê começou a aparecer todos os dias na hora do almoço e continuava ali até a saída do último cliente. Quiririm quis denunciar o violeiro como fujão. Mas denunciar o que, se ele sabia demais sobre Iacy?, ela é que sairia denunciada. Depois propôs esfaquear ele no meio da noite. Iacy também não deixou, talvez o negro não fosse um perigo. Mas por quê? Não sabia. Gostava da viola, podia ser isso. Ou tinha uma coisa no olhar dele, no jeito com que parava em pé, isso não disse ao Quiririm. Mas falou que o africano não era da laia do Veniaga, devia ser o oposto.

Ela saiu para falar com Mandê, que parou de tocar. Perguntou, ao mesmo tempo achando a pergunta boba, Veniaga sabe que você está aqui? Só podia responder que não, e foi o que disse. Ele não sabe de mim. Como não, ele fez o casamento, não ouviu a viola?

Mandê contou com a voz cantada e cheia de pausas, misturava a língua dele, a da terra, o português, e tinha muita palavra que Iacy não entendia. Acompanhava como quem pula de pedra em pedra, sem saber se embaixo tem água ou terra. Ouviu que na hora das mortes Mandê desapareceu para não levar a culpa. Então como soube o que Veniaga acha? Encontrei um índio da fazenda que me reconheceu. Também gosta de música, tem uma flautinha. Vi ele onde o Obý se junta. O da-terra tinha contado de como o Veniaga maltratava os homens lá, que com as mulheres era pior. Brontes pelo menos usava a cabeça, gente arrebentada não trabalha.

Me ajuda a retomar a terra e te faço forro, disse Iacy. Fecharam nisso, Mandê começou a trabalhar na casa da Alba. Foi bom, Iacy ajudava cada vez menos. As meninas e os clientes também gostavam, tinha música de noite. Só Quiririm continuava cismado. Mandê pegava a viola, e ele não parava de falar, andando de um lado para o outro, sempre arranjava alguma coisa para fazer barulho, martelar.

*

A SOMBRA CHEGA PERTO, Joana levanta a cabeça. É o engenheiro, bem quando quer ficar só com a falta da mãe. Que ele não venha consolar ou se meter a falar com os médicos. Esse papo é da Joana, que sabe que está meio catatônica, tanto que o engenheiro parece se aproximar em câmera lenta, e a luz bate estranha no cabelo dele, e é nessa luz que ela põe toda a atenção. Não está com o caderno para rabiscar aquela coisa. E não entende o que ele diz.

A pessoa seguinte também não é a médica. É um médico e mais jovem. Fala com os dois como se fossem uma família: um pai e uma filha querendo saber notícias da mãe dela, da mulher dele, e a impressão falsa do médico teve o poder de criar uma família instantânea. Aquilo conforta Joana. Mas o doutor abre a boca olhando para um e para outro, e ela não reage. Percebendo, o médico fala só para o engenheiro, que escuta e assente, e Joana não consegue mesmo entender os sons, ou não quer, ou prefere usar a cara do engenheiro como guia.

A cara dele já não era boa e tinha se animado um pouco ao ver o médico entrar. Muda para uma cara de esperança, só que desmonta. Por ela Joana percebe que a mãe não tem salvação. É isso mesmo ou ela pirou e é tudo ao contrário? Mas o médico vira para Joana e diz sinto muito. O sinto muito ela ouve e só quer dizer uma coisa.

O doutor sai, o engenheiro toca o ombro dela. Sinto muito, também diz. Ela dá um passo atrás, de susto, efeito da mão no ombro, ou da notícia que não pode ser, está errada. Acha que vê uma lágrima no canto do olho dele. Qualquer coisa menos pensar no estado da mãe. Olha de novo para o chão preto e branco, branco e preto, uma sucessão de cubos que parecem se aprofundar para um lado ou para o outro, conforme o que se vê, porque também tem cinza naquele piso, agora ela vê o cinza. Como não tinha visto o cinza?

O engenheiro a faz sentar e começa a explicar uma coisa que ela não ouve porque está olhando para ele e vendo alguém de quem não foi com a cara desde o começo. Apesar disso, o imagina como pai dela. Como pode? Não, não vai seguir a carreira dele, engenharia, no fim do ano se forma jornalista. Mas ele podia ser o filho do engenheiro da foto do rio. Seguiu a carreira do pai, e ela não vai seguir. Vai seguir a da mãe.

Se o médico tivesse perguntado, talvez Joana respondesse: é o meu padrasto. À falta de pai serve, um padrasto exigente, que reconhece as pequenas vitórias dela, que sabe o seu lugar de não-pai, mas que também está lá para ela. Olha para ele na função de prótese, um pai postiço.

Deve dar para propor a alguém, quer ser meu padrasto? Nos filmes os caras fazem propostas de casamento imaginando cenas que costumam não funcionar direito, e o charme da comédia romântica está justo aí, nos errinhos. A parte boa de se propor uma coisa tão forte a um desconhecido é que a gente não conhece os defeitos da pessoa. Ele podia vir para Joana como um caderno novo para preencher a vaga de padrasto. Ela iria abrir uma caixa de lápis novinha e inaugurar o caderno.

O engenheiro fala, e ela entende que pode acontecer, é frequente, a entubação. Ouve coisas, palavras como *evoluiu para* e *se agravou*, e não quer saber delas, e se acha ridícula por desejar um padrasto. Ainda mais ele, que tenta consolar com: ao menos você está podendo se despedir. Joana se recusa a escutar. Que porcaria de vida que tem esse tipo de coisa, *jornada... nada*.

Ela se levanta, e ele também. Joana não tem pena de si, tem pena de perder a mãe e tem pena da mãe. É Petra quem mais perde. Vai perder a vida. Quer a mãe dela inteira. Está muito brava, nunca esteve com tanta raiva, mas a raiva maior é dela mesma, Joana. E pouco dessa raiva transborda. Quem vê de fora não percebe a primeira lágrima, não é só que Petra teve morte cerebral.

É que Joana se sente um elemento ativo nessa perda: quem fez algo para perder a mãe de um jeito irrecuperável foi ela mesma. Joana P E R D E U a mãe. Foi responsável pela perda como quem perde um casaco, um anel de diamante, o telefone do dentista, foi descuidada. Não deu tempo. Na verdade, Joana perdeu a hora. Chegou atrasada para aproveitar a própria mãe, com todos os defeitos, com todas as qualidades que a fazem uma pessoa única no mundo.

Quer correr para gritar no banheiro, vai morder um bolo de papel-toalha para que ninguém escute, mas não sai do lugar. Não pensa no que fazer depois, não formula que vai ter que ser adulta para valer, nada de café com leite. Olha para o homem quase desconhecido, várias cabeças mais alto do que ela, se abraça nele e chora.

*

A CRIANÇA PODIA ATÉ nascer quando o Capitão Martim apareceu para retomar a fazenda. O plano era que Iacy, Balbina e Quiririm esperassem na entrada, protegidos por alguns dos homens dele. Mandê também. O destacamento iria na frente para, como dizia o documento, comunicar ao padre o pedido negado e proceder com a retirada imediata de homens e seus bens estritamente pessoais.

Aquilo dava a Martim um prazer especial: ele e Veniaga tinham história, foi o que contou na véspera para Alba, eu era moço, fui parceiro do Brontes na preação dos da-terra. Falou assim mesmo, como se Alba não fosse mais da-terra do que branca. Quase morri frechado, apontou para a coxa. Passei tanto tempo ferido que o Veniaga tomou o meu lugar. Quando fiquei bom, o negócio era outro. A Coroa tinha proibido capturar os da-terra. A catequização podia, mas voluntária. O Veniaga não entrou só com a cruz: costumava dizer que o trabuco vale mais que mil anjos para aumentar o rebanho do Senhor. O Brontes me chamou de volta, mas Veniaga fez de tudo para me passar para trás.

O capitão era a última pessoa viva a saber como ele tinha virado padre. No Reino, Veniaga passou anos no seminário, mas foi pego roubando o dízimo. Para não ser delatado, esfaqueou e matou o irmão que cuidava da coleta. O cozinheiro então notou que faltava uma faca. No meio da noite pegou o Veniaga enfiando a faca de volta no cepo. Também terminou morto. Veniaga foi expulso. Escapou antes do julgamento e veio para o Brasil. Os padres silenciaram sobre as mortes, para não contaminar a ordem.

Ele só precisou costurar uma batina e montar um crucifixo para virar padre. Era amigado com uma da-terra, mocinha e cuidadosa. Tinha até feito um terço com sementes de muitas cores. O pior, e aí Martim subiu de tom, foi como ele pagou a moça: matou. Empurrou ela de cima da cachoeira, que a mania dela de vir encostando até quando ele estava de batina ia estragar tudo. Todos aqueles anos e ninguém questionou, de ordem nenhuma. É que tinha o Brontes, era o fiador. Sem ele, o jogo mudou.

* * *

Começaram o caminho para a fazenda antes do sol. Subiram em fila. Por garantia, o capitão tinha armado a todos o melhor que pôde. O ajudante ia de arma de fogo e faca na cinta. Ele mesmo foi de facão e escopeta e vistoriou a tropa num passinho tão rápido que nem se via que era coxo. A dúzia de batedores vinha com o que desse: faca, arco e flecha, tacape e borduna. Um beijou uma relíquia de São Pedro Enterrado.

As mulas eram três, a de Balbina, a de Iacy e a da carga. Iacy tinha uma faca à vista e tateou a de jade, embaixo da blusa. Quiririm e a madrinha também tinham armas: ela, a faca de cozinha, que a Alba deu com um Deus te guarde, e ele, facão e porrete.

Iacy não achava posição, os rins chacoalhavam, e a barriga parecia rolar com a anca da mula, ela montada de lado, à moda das mulheres. Procurou não pensar se a retomada ia dar certo. Quando o primeiro sol apareceu, achou bom augúrio as filigranas das teias brilhando no orvalho, até que, num susto, pôs a mão no pescoço. E o crucifixo? Ah, estava lá. Mas logo a mula afundou a pata num buraco, ajoelhou, e ela desmontou. Era muito tropeço, melhor ir a pé, mesmo de perna aberta. A criança não cabia, estava para abrir ela por dentro. Mas não ia ser como Rita, que se esvaiu.

De porrete na mão e viola nas costas, Mandê vinha na retaguarda com Quiririm e três dos do capitão. Se adiantou quando viu Iacy disfarçando o cansaço. Para distraí-la, subiu o morro contando da viola que ficou em África, o corá, tinha aprendido a tocar com o pai. Falou da mulher-gênia da caverna, a primeira a ter uma viola daquelas, que se toca com as duas mãos, com o braço da corá em pé e a cabaça para baixo. Fez um gesto em pinça. Só com esses dois dedos, disse, os outros seguram. E as cordas não são de arame, mas de pele de bicho. Pôs a viola de pé para mostrar. Quiririm grunhiu que não era jeito de pegar em viola. Devia ser porque Iacy chamava ele de desafinado.

Sem a barriga, Iacy lutaria com os outros, mesmo a fazenda não sendo um lugar desejado. Talvez nunca fosse o lar. Podia até criar o bebê lá. Devia ser menina, empurrou o pezinho que a incomodava. A fazenda foi onde ficou presa, estudou, onde Rita nasceu e cresceu. Lá, tinha matado dois. Esse matei dois a assustou. A palavra matar, matar gente, nem parecia mais pecado. Era como com bicho: passarinho para comer e aranha porque podia picar.

O plano de esperarem antes da fazenda falhou, o Padre Veniaga estava à vista. Os peões tentavam derrubar o primeiro mata-pau. Iacy já não via o agouro neles, deixa crescer, mata-pau mata mesmo. Os dois administrados alternavam a batida dos machados, e o resto olhava, esperando para picar a madeira. O carro de boi ao lado devia ser para carregar. Martim chamou o padre, nada de dom isso ou padre aquilo. Veniaga respondeu, também sem deferência, até que viu Iacy: a barriga.

* * *

Tinha planejado mais um inquérito se Iacy aparecesse, mas quem acusa uma santa que vai parir? Ninguém teria dúvida de que ele avançava no que era do seu antigo protetor. A mãe e a criança poderiam tirar dele terras boas. E o esforço e dinheiro que empenhou? Aquilo era coisa do ressentimento do capitão, Martim nunca escondeu.

Suas armas preferidas, a falsa acusação e a maledicência, não iriam servir. Calculou: estava com meia dúzia de homens e ferramentas para o campo. Os de Martim eram o dobro e armados para a guerra. Mesmo que ganhasse por sorte, explicar o sumiço de um capitão seria complicado. Era só um deles fugir e contar. Os antigos do padre eram leais, mas não tinha certeza do resto. Muitos da fazenda faziam corpo mole.

Iacy flagrou Veniaga mudando de cara, a voz ficou melíflua. A palavra era do Mestre Luís, sobre fidalgos sem muito peso bajulando na corte. Veniaga disse: cuidei com todo o zelo das terras do Nhô Brontes. Devem estar cansados, ainda mais a nossa futura mamã, e deu um sorriso de gelar. Convidou a todos à sede, para tomar água.

Uma rapariga na sua condição não deve caminhar, o padre mostrou o carro de boi vazio. Iacy foi se sentar, ele ofereceu a mão para uma ajuda, ela fingiu que não viu. Se acomodou atrás, com os pés para fora da mesa. Treinou de cabeça como sacar as facas: a mão forte ia pegar a de caça; a esquerda, a de jade.

Todos passaram a pé por ela. O carro andou, as rodas cantaram. O som lembrou a voz do avô, ainda bem que ia de costas. Com a visão da casa não queria rever o velho se esvaindo, a cena repetida. Não adiantou, foi pensar e logo ver.

Na sede os homens pareciam se esbarrar de propósito. Sob ordens, os do Martim se seguravam para não matar o primeiro que provocasse. Os do padre arrumavam as tralhas de cara fechada, inconformados com o chefe cheio de rapapés. Martim ia e vinha conferindo a carga. Mandou devolverem sacas de grãos, aquilo era produto da terra. O padre argumentou, humilde, que tinha largado o próprio sítio, os homens iam ter fome, muito ainda ia se colher. O capitão cedeu umas sacas e continuou arbitrando a comida, as ferramentas e as roupas. Qualquer escorregão podia desaguar em escaramuça.

A barriga de Iacy endureceu. A sensação do avô no capim continuava. Por sorte viu também Naná, ela sim, leal. Se tivesse delatado, estaria na cadeia. Notou o braço de Naná na tipoia, o que foi? Deixa, não foi nada. Naná entrou na casa.

Com seus homens e os três carros de mudança prontos, Veniaga se virou para Iacy como se nada tivesse acontecido e disse que podia vir rezar a missa todos os dias se ela quisesse, e haveria de querer, que Deus manda e protege, e que logo mais teriam um batizado na fazenda. Ela não respondeu.

*

NÃO SE MORRE DE UMA HORA para outra, um instante viva e no outro acabou. Acontece fibra a fibra, como quem come palmito puxando cada tirinha. Petra está na cama do hospital, esteve lá nas últimas semanas. Esteve acordada e tem estado inconsciente. Tem lampejos de memória que a assombram mais do que quando aconteceram: o sofá cor de laranja, o pulmão que arde, o choque contra a quina de concreto. E às vezes basta um segundo para que toda uma lembrança, boa ou má, venha à tona.

Não controla o que aparece. Como a ideia de que também basta um segundo para uma pessoa começar a existir. É um assombro que Joana exista, que Petra tenha uma filha, essa pessoa tão, tão, sente Joana como sendo tudo, muito, demais. No meio daquele pensamento tem a visão nítida da noite carregada em que se armava chuva.

Petra se despedia de alguém, um tipo com quem tinha rido no balcão do bar, tinham até se amassado a caminho do banheiro, o gringo tinha sotaque e falou, já vai? Convidou

Petra para ir até o carro, a gente continua a conversa lá. O bar tinha ficado barulhento, e ela achou boa ideia. Gostava do jeito como sorria e dos olhos castanhos dele. Tinha uns olhos sinceros.

Caminharam abraçados até um dos lugares preferidos dela, o Beco do Batman, por onde ela passava mesmo que não fosse o caminho mais curto. Gostava dos grafittis um por cima do outro, coloridos e desordenados. Entraram no beco quase sem iluminação. Os grafittis pareciam sombras.

O primeiro trovão animou as imagens das paredes. Ele riu do sobressalto dela, ela riu também. Falta muito para o seu carro? Mais um pouco.

Caiu o primeiro pingo. O segundo e o terceiro se confundiram com os seguintes, e o céu desabou na cabeça deles. Ela disse corre, ele disse não, com chuva é melhor, e começou a beijar ela de novo, o que foi bom. Mas o cabelo já grudava na cara, e ela disse não, chega de chuva. Onde você deixou o carro? Ele vasculhou três bolsos, talvez não estivesse de carro. No fim fisgou o chaveiro.

Seguiram até o carro dele, encostaram, e nada de ele abrir a porta. Continuou agarrando Petra, não parava, os dois cada vez mais encharcados. Ela disse calma, ele continuou não parando até que ela arrancou as chaves da mão dele, deixa que eu abro. Ele acabou cedendo. Foram para o banco de trás, era desses duas portas, tem que dobrar o assento da frente para chegar lá.

Petra lembra do tamborilar forte da chuva na capota. Lembra das janelas tão embaçadas que a rua lá fora deixou de existir. Lembra do pescoço torto, contra os limites do carro, ela já meio deitada no banco. Lembra de ter dito dá um tempo e ele não, vamo lá, que é isso. Lembra de ter dito espera. E ele não dizer nada e seguir em frente. Ela lembra que precisava de mais tempo. Estava a fim do cara, só queria que fosse mais devagar. Disse não, para. Sério. Ele continuou, chegou a doer, e ela sobrou na história.

Petra sabe que hoje Joana teria um nome para o que aconteceu. Ela e as amigas. Mas se recusa a usá-lo. Não é pessoa de se submeter a ninguém. É dona de si. O cara era um boçal e deu uma filha para ela, que se saiu muito melhor do que ele.

Foi assim, Joana. Essa é a história toda, Petra pensa que diz. Mas Joana não está lá. Não naquela hora.

* * *

Petra está inconsciente sem esperança de volta. Ao lado da cama da mãe, Joana quer abraçar mas não tem coragem. Já não é ela. Quer chorar e não consegue. Faz um agrado na mão da mãe e estranha como está magra e enrugada, vinte anos mais velha. A cara é bonita, até serena. Acha a palavra serena estranha, soa como prêmio de consolação, quando você não tem nada de bom para dizer a respeito de uma pessoa que está indo embora. O pior é que tinha passado três anos recusando a presença dela.

E teimosa é outra palavra estranha, detestava quando a mãe a chamava assim. Como é que uma vida, duas vidas, um relacionamento acaba assim, em teimosia? Joana sente a garganta, o esôfago, o estômago, tudo queima. Se conseguisse rezar, talvez melhorasse, mas fé não funciona com ela. Podia chorar, mas não.

Joana está ao lado da mãe, e vão desligar aquilo tudo. Depois ela vai para cremação, Petra nunca quis ser enterrada.

* * *

Estendida na cama, Petra talvez tenha sentido a mão de Joana sobre a sua.

*

O CAPITÃO DEMOROU a se despedir de Iacy. Elogiou Brontes e pediu para que ela avisasse do nascimento. Deixou o ajudante e mais dois homens para proteger a terra e saiu para escoltar Veniaga com os dele até o sítio. Acenou da última curva.

Tinha dito que de lá desceria até Pinheiros. Iacy sabia que era mentira. O capitão não ia deixar a fazenda assim, estava para voltar. O padre tinha aceitado a saída depressa demais. Podia atacar de madrugada.

Antes de anoitecer, o ajudante de Martim mandou chamar a todos com o corno de boi, tinha ficado na sede para montar a defesa. Os forros e os administrados se aproximaram, os dos bichos, da roça e da casa. Iacy reconheceu algumas aias. Enquanto os homens escutavam as ordens do ajudante do capitão, procurou saber, pela cara, se algum desconfiava de que tinha matado Brontes. Não parecia. Mas Iacy não conhecia muito de gente.

De bicho sabia. Identificou cada um pelo jeito, e não pela aparência: esse, cotia-de-pau, caça; aquele, jacaré, caçador; esse, cobra, sorrateiro, e assim por diante. Não foi surpresa que os chefes fossem os que ela viu como o jacaré, o gavião e o jaguar. Se aproximaram e fizeram que sim às combinações do ajudante. Só aí o resto dos homens se engajou.

O ajudante mandou que se armassem como desse e dividiu os homens por zona: jaguares na mata, gaviões na encosta e jacarés na entrada. Pegou as armas de fogo de Brontes. Deu uma ao Quiririm e explicou como se usava. Iacy, ao lado, prestou atenção e pediu a outra. O ajudante a olhou de alto a baixo e, quando Quiririm disse, a mira dela é melhor que a minha, pelo menos com flecha, deu de ombros e propôs um teste. Iacy sentiu o peso da arma, o frio do metal e ainda ouviu, cuidado com o coice. Escopeta não era simples. O candeeiro era perigoso, tinha a complicação do estopim. Quiririm e Iacy foram aprovados, e ela se sentiu mais segura. Mesmo que tivesse escutado o ajudante repetir que treino é treino e guerra é guerra. Agora podia defender a casa ao lado de Quiririm, como quando caçavam. Só que não era caçada. Ou era, mas ao contrário: com eles de alvo.

* * *

Balbina tinha as artes dela para ajudar. Encontrou a saca de uma erva fortificante e fez a cozinheira preparar um caldeirão cheio. A erva era uma trazida por Brontes das terras frias. A cozinheira reclamou, não é de caldeirada que se toma, e mostrou uma cuia e uma bomba, Nhô Brontes bebia ali. Mas não havia tempo para beberem um por um. Os homens tomaram em conchas, canecas, o que tivessem. Quiririm se animou, não pelo gosto amargo, mas pelo nome, que não conhecia. Mate, gritou, levantando a arma como se fosse atacar.

A barriga de Iacy endureceu com mais força. Doeu. Em vez de contar das dores para a Balbina, distraída distribuindo a bebida, ela escolheu o quarto de Brontes para se fechar. Nunca mais ia pisar na alcova em que foi prisioneira.

Naná arejou o quarto, virou o colchão de crina, trocou a roupa de cama e trouxe umas braçadas de alecrim para tirar a presença do Veniaga. Iacy afastou o nojo dele e sentiu um apertão forte na barriga, mas disfarçou, perguntando: e o padre, te tratou bem? Ela não respondeu. Imaginava que Naná também era das que aguentava servir favores para o Brontes. No tempo em que esteve presa, Iacy escutava a sem-vergonhice do velho, mas só os grunhidos dele.

As moças ficavam mudas, ao contrário das da Alba. Quis saber se o Veniaga era pior que o avô.

Nhô Brontes pegava quem queria, na hora que queria. Machucava, mas menos, Naná desviou o olhar do braço. O Veniaga tinha mais maldade que ele, fazia a gente se sentir estrume. E essa tipoia? Não foi nada, torceu só um pouco. Iacy teve pena, mas não deixou de pensar: se o padre era daquele jeito, talvez não tivesse sobrado ninguém leal a ele na fazenda. Mesmo assim, deixou a adaga e a faca debaixo do travesseiro. E a escopeta na mesa ao lado. A barriga apertou forte, mais uma vez.

* * *

Mandê voltou de outra ronda. Quase no alpendre, sentiu cheiro de fumo e viu a brasa do cachimbo de Quiririm. Correu para ele e sussurrou, está louco? E essa cara feia brilhando no escuro, quer uma flecha na fuça? Quiririm respondeu de mau humor. E Mandê: vosmecê nunca fez guerra, isso se vê. Apaga isso.

Quiririm se ofendeu e ordenou que saísse para mais uma volta. Mandê foi. Os bichos da noite soavam em camadas diferentes, a brisa mexia as folhas, e ele escutava. Esperava um graveto quebrado ou um farfalhar maior, de bicho grande ou gente. E, se gente, precisava distinguir o amigo do inimigo. O capitão já devia estar lá para a defesa, mas ainda não tinha aparecido. Talvez fizesse tocaia? Uma ave soou assustada, saiu voando, um morcego passou perto, Mandê parou. Teria ouvido um estalido? Passou uma sombra rente ao chão. Gambá, talvez tatu. O capim, o mato baixo, a mata fechada, o pomar, tinha lugar demais para os homens de Veniaga se esconderem. Se fossem muitos, logo estariam sitiados.

Ouviu um silvo. Era de flecha e para os lados do alpendre. Chegou correndo, viu Quiririm caído. Não avisei?, pensou mas não disse. E logo escutou: não caí, me joguei, a flecha raspou o ombro. Nem isso. A flecha tinha passado direto e se fincado na porta.

Ainda no chão, Quiririm foi ameaçado a faca por alguém da fazenda, um traidor. Podia ter mais. Mandê acertou uma porretada nele, e Quiririm terminou de matar. Um dos jaguares chegou correndo para ajudar. O berrante avisou do perigo com o toque agudo de rebatedouro: as notas todas destacadas. Os da fazenda se posicionaram para proteger a casa.

*

A CAMA DO APÊ DE JOANA É a de sempre. Tenta dormir, só que a tempestade não deixa. Não só a tempestade. Joana está quase parando, parece ter petróleo nas veias. Não tinha visto que o tempo da mãe estava para acabar, não pensa, só sente o peso. Dentro dela e sobre ela. Não dá para formular estar perdendo Petra e continuar a perder Petra para sempre.

Chove a noite toda, como quando a mãe se afogou. O cérebro só volta a pensar quando imagina o Rio Verde engrossado solapando as fundações do prédio em que está e que pode ruir, mesmo sabendo que aquilo não vai acontecer, o rio nem é tão perto. Não sai da cama. Controla o impulso de pegar o carro que foi da avó e de subir com ele para a rua.

Fecha os olhos. O que vem é uma foto publicada no jornal, foi tirada no dia do afogamento. Rio abaixo, na saída do Beco do Batman, dá para ver uma pilha de sete veículos, uns por cima dos outros. Nela, as águas já tinham baixado, mas os carros continuavam como vestígios enormes de um redemoinho já seco: uns deitados, o do meio com a traseira completamente em cima de outro, como se estivesse mergulhando.

Lembra-se de como a calha da casa da mãe transbordou para dentro em pelo menos duas ocasiões, fazendo correr água pelo lustre, pelas paredes e pelo teto. Desde o afogamento ninguém tinha subido para revisar a calha. Joana não vai sair da cama só para ver se a casa está em ordem. Ainda não dá para pensar numa coisa como A casa, um imóvel agora dela, que devolveria mil vezes só para ter Petra viva.

Podia deixar que o tempo tomasse conta. O inverno ia ressecar o betume dos vidros, até que se espatifassem no chão; a primavera ia jogar as flores do jerivá no telhado, entupindo as calhas repetidamente; o verão ia encharcar as paredes, quebrando as telhas, enchendo a piscina de larva de dengue; o outono ia soprar as folhas do flamboyant do vizinho. Os anos iam passar, o mato ia tomar conta, e os morcegos.

* * *

Se levanta um pouco antes de clarear e sai a pé com o ar limpo e o chão sujo, desviando dos ramos da tempestade da véspera. Abre o portão do jardim da mãe e encontra um galho caído. As folhas forram o piso em camadas de uma série de chuvas diferentes. Entra na casa e escuta a água escorrendo pela parede.

Joana se senta com as costas numa parede seca da sala e fica assim por muito tempo. Olha a cascata na parede da frente, a pingadeira na mesa, escorrendo pela luminária. Uma boa parte do chão tem uma lâmina de água que não escoa. É dia de buscar as cinzas.

*

PARA A FLECHA SAIR VOANDO, A MÃO, o braço e até o olho puxam a linha como se fossem uma coisa só, retesam o arco e seguram a energia que dali a pouco vai se jogar nela, na flecha, fazendo com que dispare. A flecha repousa, à espera, enquanto a outra mão segura o arco. O arqueiro mira alto, desconta a trajetória. Naquela noite um inseto zuniu, e o arqueiro errou. Era para matar o homem que fumava no alpendre, só que a flecha pegou direto na porta. Parou, mas talvez a energia guardada nela tivesse continuado, atravessando aquela porta e mais outra. Porque no quarto maior, o do fundo, bem em frente, a bolsa de Iacy rebentou, e ela se viu no meio da água, com o colchão de crina de cavalo empapado.

Corre, Naná. A moça voltou com Balbina, que instruiu, aquece a água e traz os panos. A madrinha estava diferente. Havia cuidado de tantos nascimentos, um ofício que fazia segura e determinada. E agora olhava para Iacy de um jeito que só podia estar rezando para que não fosse má parideira como a mãe. Nessa hora o berrante soou perigo.

* * *

O cerco apertou. Quiririm e Mandê se viram acuados por uma corja com porretes, facas e pedaços de pau. Só neles eram seis, oito, Quiririm não acertou de disparar a escopeta, recebeu uma bordoada. O sangue escorreu pela testa, viu Mandê sendo atacado por trás, o africano levou uma facada. E Quiririm, no chão, pensou nos olhos castanhos de Iacy.

Veniaga apareceu no alpendre e se curvou por um instante sobre Quiririm, para ver se reagia. Martim e os seus surgiram do escuro. Quando Veniaga mandou derrubarem a porta, o capitão atacou o padre com o facão. Ficaram os dois em roda, cada um com a sua arma branca. Mesmo coxo, Martim ia levando vantagem. Se fosse homem a homem, em pouco tempo Veniaga estaria vencido. Mas veio gente dos dois bandos, e começou a confusão.

* * *

É como jogar uma pedra na água. Ela forma uma roda, depois outra, e mais outra. Aquela escaramuça foi assim. O ponto do centro eram Martim e Veniaga, de faca e girando. Em volta deles, os do padre e os do capitão se batiam de faca e porrete, que não havia o menor tempo para arma de fogo e nem a certeza de pegar o inimigo em vez do amigo. Até ali, Martim podia vencer Veniaga, e entre os outros homens a briga estava equilibrada. Mas tinha a roda de fora, os do capitão eram em maior número. Foi um cerco sobre outro cerco, e ali eles ganhavam.

A porta pesada resistiu ao aríete. Aríete, não. Uma pedra maior, carregada de um jeito canhestro por dois homens. Até que quase cedeu. Na mesma hora, Martim enterrou a faca na barriga do padre. Foi fundo. Veniaga não morreu ali. Ainda correu, tentando chegar no mato. A chuva de flechas completou o serviço. Foi a vingança da gente do Brontes, agora gente de Iacy. Os poucos vivos do Veniaga se entregaram. Quem visse de fora talvez não soubesse quem ganhou. Era muito morto e ferido em volta da casa, gente de um lado e do outro.

*

JOANA PÕE A URNA com cuidado no assento do carro. Está no outro lado da cidade. Do crematório até Pinheiros vai demorar. A urna não é uma pessoa, não é a pessoa que Petra foi, e ela fica na dúvida sobre como tratar aquele objeto. Mãe? Pensa, mas não diz. Conversar seria falso. Gira a chave e dá a partida.

A urna tomba na primeira curva e fica rolando em cima do banco. As juntas soltas do carro da avó chacoalham a cada falha do asfalto. São mais de cinco da tarde, no verão ainda, uma sexta-feira, e as ruas começam a entupir. Joana tem a ideia de abrir a bolsa, uma sacola cheia de coisas, e colocar a urna dentro, calçada de um jeito menos precário. Petra não precisa ir para o chão, acha bom.

Cruza a cidade no anda-para do fim de tarde, com um olho na urna e o outro no trânsito. Abre a porta do apartamento e quer um banho ou uma bebida forte. A bebida ganha, vai procurar um bar na Vila. Já está chamando o elevador quando se lembra da urna em cima da mesa, não pode largar a mãe.

* * *

Aperta o térreo e se vê no espelho do elevador. Está abraçada à urna. A curva do nariz é como a da mãe. Ajeita o cabelo, e aquele gesto também é. E daí, o que um nariz ou um gesto herdado revelam? Sai do prédio a pé. O plano é pedir um destilado, não sabe qual. Se bem que está de barriga vazia, cachaça pode queimar. Os carros soltam bafo de trânsito parado.

Na quadra seguinte o barulho da conversa dos bares se sobrepõe ao dos carros. Começa o fim de semana na Vila. Joana desvia das pessoas que se acotovelam na calçada, bebendo e fumando. Falam alto por causa da música ao vivo de diferentes bares. Alguém buzina, ela se assusta. Um moço ri. Não é com ela, mas é como se fosse.

Sobe a rua cheia de gente, vira numa transversal mais tranquila e desce na direção do cemitério. Encontra uma pilha de sacos de lixo e caixas de papelão à espera do caminhão da limpeza. Para na frente de um muro preto com grafitti. Tem uma caveira, tem o símbolo dos anarquistas e um ser com as unhas pintadas de cores diferentes, podia ser uma espécie de super-herói, amigo do Batman do beco, logo ali.

Se vê em cima de uma grade no chão. No piso ao lado tinham pichado em azul e com estêncil NÃO JOGUE LIXO, AQUI PASSA O RIO VERDE. Recuou com um arrepio, o rio, na real. Se abaixou, dava pra ouvir a água. De dia até daria para ver ele passando. Devem ter tirado Petra exatamente por aquela abertura, na frente de um corredor gradeado por onde o Verde passava entre as casas.

Joana não pensa. Abre a rosca da urna com um barulho metálico. Dentro tem um saco com poeira e lascas. Aquilo já foi a mãe dela. Petra menos a água. A água da mãe já estava correndo o mundo, tinha escapado na forma de vapor.

Ela se agacha de novo e vai aos poucos despejando as cinzas no rio. A poeira faz pequenas nuvens. Joana despeja: por Petra, por ela mesma, pelo pai que não teve e não conheceu, pela avó, pela raiva que sentiu de Petra, pelas mentiras, por terem começado a fazer as pazes, pelo projeto de Petra sobre o rio, pela vida que Joana estava para ter a partir daquele momento, fosse como fosse.

* * *

Dentro do quarto Balbina disse força agora, minha filha, e Iacy fez. Não gritou, ao contrário da maioria. Mas a cara foi ficando vermelha, quase roxa, até que ela relaxou, esperando a próxima vez de fazer força.

De novo, Iacy. Vai.

A criança não esperou muito: berrou forte.

* * *

Petra flutua no rio até esbarrar em Fernão, que primeiro sorri para Rita, bonita como antes, agora pode percebê-la, e depois dá um encontrão violento e feliz em Rubem, vindo das bandas de Goiás, que passa por Quiririm e rela de leve na comadre Balbina, que sente a avó dela e enfim vê Yapyra, a ancestral, que por sua vez olha com orgulho para Iacy e para a filha dela, e as duas se batem em Petra, que, depois de flutuar um pouco com a Dona Elma, se adianta e abraça Joana como nunca, mas ela nem percebe. Estão vazias agora, a urna e Joana, que rosqueia a tampa e a carrega abraçada por todo o caminho, até o portão da casa onde cresceu.

[NOTA]

A ocupação do Rio Verde no século XVIII é fictícia. Os personagens também, com exceções. O professor Luís surgiu ficcional. Depois descobri o iluminista português Luís António Verney (1713—1791). É dele a frase "Se as mulheres se aplicassem aos estudos tantas, quantos entre os homens, então veríamos quem reinava." Consta do seu *Verdadeiro método de estudar, para ser útil à República, e à Igreja: proporcionado ao estilo, e necessidade de Portugal,* publicado sob o pseudônimo de Barbudinho da Congregação de Itália.[1] Uns 15 anos antes, sua presença seria plausível. Já Lázaro, centenário, e sua mulher de 20 anos existiram. Estavam entre as cerca de 80 pessoas listadas no censo de 23 de fevereiro de 1722 na aldeia de Pinheiros.[2] Yapyra, ancestral de Balbina, é fictícia e conhecida de José de Anchieta. Ri-

1 ANASTÁCIO, VANDA (ORG.). **Uma antologia improvável**: a escrita das mulheres (séculos XVI a XVIII). Lisboa: Relógio D'Água Editores, 2013.

2 AMARAL, ANTONIO BARRETO DO. **O bairro de Pinheiros**. História dos bairros de São Paulo, Vol. 2, 2ª ed. São Paulo, Pref. Municipal, Secretaria de Educação e Cultura, Departamento de Cultura, sem data.

valizavam nos milagres. Anchieta era um irmão quando viveu em Piratininga, no séc. XVI, bem antes de Iacy. Sua *Carta de São Vicente* menciona o "porco hermafrodita" e a "cobra", morta por ele a pauladas, revelando 11 filhotes no ventre.[3] Também é dele a menção a subir a Serra do Mar "de gatinhas".[4] *Negros-da-terra*[5] e *administrados*[6] denominam os povos originários e o seu estado de escravizados, e os distinguem dos raros africanos na região à época. O tupi vem em parte de Eduardo de Almeida Navarro[7]. As casas, mesmo ficcionalizadas, devem a Paulo Eduardo Zanettini.[8]

---

3 ANCHIETA, PADRE JOSÉ DE. **Carta de São Vicente**: 1560. São Paulo, Conselho Nacional da Reserva da Biosfera da Mata Atlântica, Secretaria do Meio Ambiente, Governo do Estado de São Paulo, Instituto Florestal, sem data.

4 TOLEDO, ROBERTO POMPEU DE. **A capital da solidão**: uma história de São Paulo das origens a 1900. Rio de Janeiro: Objectiva, 2012.

5 MONTEIRO, JOHN MANUEL. **Negros da terra: índios e bandeirantes nas origens de São Paulo**. São Paulo: Companhia das Letras. 1994.

6 NIZZA DA SILVA, MARIA BEATRIZ (Org.). **História de São Paulo colonial**. São Paulo: Editora Unesp. 2009.

7 NAVARRO, EDUARDO DE ALMEIDA. **Tupi antigo**: a língua indígena clássica do Brasil e **Método moderno de tupi antigo**: a língua do Brasil dos primeiros séculos. São Paulo: Global, 2015 e 2008.

8 ZANETTINI, PAULO EDUARDO. **Maloqueiros e seus palácios de barro: o cotidiano doméstico na Casa Bandeirantista**. Tese de Doutorado em Arqueologia, Universidade de São Paulo. São Paulo. 457 págs.

Partes da flora vêm de Ricardo Cardim[9],[10] mas o cronista Fernão Cardim também foi consultado.[11] O padre falso vem de Dinah Silveira de Queiroz.[12] A *Floresta do Amazonas* é de Heitor Villa-Lobos. Se Petra cantasse bem, soaria como Mônica Salmaso que interpreta no modo popular a *Melodia Sentimental* desta composição, e também *Mortal Loucura*, de José Miguel Wisnik, sobre poema do Boca do Inferno.[13] A foto com carros empilhados depois da enchente é de Tiago Queiroz.[14]

---

9 FELLET, JOÃO. **Antes dos portugueses, SP teve floresta tropical, Cerrado e mini-Pantanal**. Brasília: BBC Brasil. 24 de fevereiro de 2018. https://www.bbc.com/portuguese/geral-43148025.

10 CARDIM, RICARDO. **USP destrói raro Cerrado em São Paulo que havia sido prometido "Museu Vivo" em 2011**. São Paulo: Árvores de São Paulo – Wordpress. 29 de maio de 2014. https://arvoresdesaopaulo.wordpress.com/2014/05/29/usp-destroi-raro-cerrado-em-sao-paulo-que-havia-sido-prometido-museu-vivo-em-2011/

11 CARDIM, FERNÃO. **Tratados da terra e gente do Brasil.** Rio de Janeiro: J. Leite & Cia. 1925. Notas: Caetano, Batista; Abreu, J. Capistrano; Garcia, Rodolfo.

12 SILVEIRA DE QUEIROZ, DINAH. **A muralha**. 5ª ed. Rio de Janeiro: Record, 2000.

13 MATOS, GREGÓRIO DE. **Poemas escolhidos**; seleção e organização de José Miguel Wisnik. São Paulo: Companhia das Letras, 2010.

14 O Estado de São Paulo, página 1. São Paulo, edição de 22/12/2015.

[AGRADECIMENTOS]

Aos que leram o livro, em todo ou em parte, nas diferentes versões:

Noemi Jaffe, Heloisa Jahn, Beatriz Bracher, Roberto Taddei, Joca Reiners Terron, Isabela Noronha, Gabriela Aguerre, Silvana Tavano, Carola Saavedra, Marcelino Freire, Ana Cristina Braga Martes, Raquel Laranjeira, Flávia Castro, Flávia Amâncio, Lucimara Carvalho, Marcella Faria, Alexandre Alliatti, Simone Az, Paula Cohen, Ana Elisa Aguilera de Barros, colegas da Escrevedeira, do Instituto Vera Cruz e colegas dos coletivos Tapoé e Moreia;

Laura Marsiaj Ribeiro, Julia Marsiaj Ribeiro, Sergio Fausto, Eleonora Issler Marsiaj, Henriqueta Issler Marsiaj, Maria Augusta Gomes Reichstul, Elisa Gomes e Cláudia Meireles Reis.

Aos que de maneira pontual apoiaram o conteúdo do livro com sua experiência e conhecimento, ressaltando que os desvios ficcionais são de minha inteira responsabilidade:

Luiz de Campos Jr., Pedro Algodoal, Carlos Fausto, Cynthia Gusmão, Paulo Eduardo Zanettini, Isabel Penz, Marcelo Manfrini, Renata Druck, Gabriela Marsiaj Rassi e Marta Camargo de Assis.

ANGELA MARSIAJ é jornalista e hoje se dedica à literatura. Publicou contos em antologias e na *Revista Pessoa*. Foi finalista dos prêmios SESC São Paulo 2018 (romance) e Kindle 2015 (conto). Na Cultura FM—SP falou de livros e entrevistou autores durante a pandemia. É mestra em Formação do Escritor pelo ISE Vera Cruz, tem MBA pela UCLA, formou-se em Comunicação Social — RTV na USP e em Jornalismo na Cásper Líbero. Trabalhou nos grupos Folha e Abril, além de em firmas de pesquisa e consultoria, tendo participado do início da internet no Brasil. Nasceu em Porto Alegre e cresceu em São Paulo.

HECATOMBE
selo da editora urutau

EDIÇÃO debora ribeiro rendelli
REVISÃO juliana palermo
DIAGRAMAÇÃO victor h. azevedo
PROJETO GRÁFICO E CAPA wladimir vaz
COORDENAÇÃO GRÁFICA tiago fabris rendelli

Dados Internacionais de Catalogação na Publicação (CIP) de acordo com ISBD

M372s Marsiaj, Angela

Soroca / Angela Marsiaj. -
Cotia : Hecatombe, 2024.
320 p. ; 13cm x 16,5cm. – (Mãe leva outra)

ISBN: 978-65-6035-016-8

1. Literatura brasileira. 2. Prosa. 3. Maternidade. I. Título.
II. Série.

2024-1168 CDD 869.985
CDU 869.0(81)

Elaborado por Vagner Rodolfo da Silva - CRB-8/9410

Índice para catálogo sistemático:
1. Literatura brasileira : Prosa 869.985
2. Literatura brasileira : Prosa 869.0(81)